每逢暮雨倍思鄉

天地
www.cosmosbooks.com.hk

書　　名　每逢暮雨倍思卿
作　　者　蔡　瀾
封面及內文插畫　蘇美璐
責任編輯　吳惠芬
美術編輯　楊曉林
出　　版　天地圖書有限公司
香港黃竹坑道46號
新興工業大廈11樓（總寫字樓）
電話：2528 3671　傳真：2865 2609
香港灣仔莊士敦道30號地庫／1樓（門市部）
電話：2865 0708　傳真：2861 1541
印　　刷　亨泰印刷有限公司
香港柴灣利眾街德景工業大廈10字樓
電話：2896 3687　傳真：2558 1902
發　　行　香港聯合書刊物流有限公司
香港新界大埔汀麗路36號中華商務印刷大廈3字樓
電話：2150 2100　傳真：2407 3062
初版日期　2020年5月
三版日期　2020年5月

ISBN 978-988-8548-60-6

目錄

滿足餐

百去不厭

串流媒體

古人四十件樂事

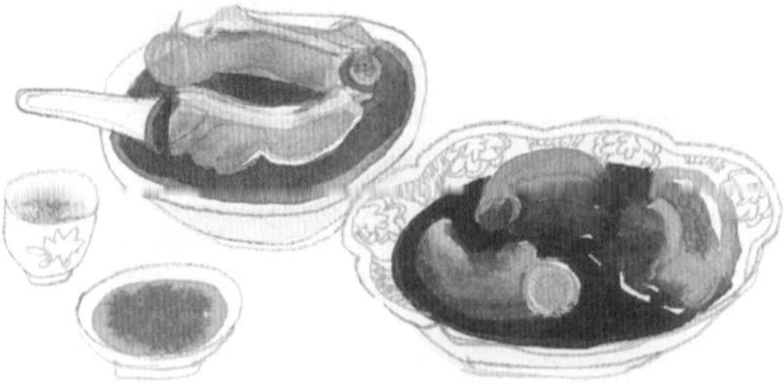

滿足餐

家鄉菜

人家問我，你是潮州人，為甚麼喜歡吃上海菜，而不是潮州菜？

答案很簡單，只認為自己的家鄉菜最好，是太過主觀的。和其他省份，以及別的國家比較之下，覺得好吃的，就是自己的家鄉菜，不管你是哪一方人了。

喜歡的還有福建菜，那是因為我家隔壁住了一家福建人，應該說閩南人吧（福建其實真大，有很多種菜）。那是爸爸的好朋友，一直想把他的女兒嫁給我，拼命灌輸我閩南文化，吃多了覺得十分美味，也就喜歡上（是菜，非人家千金）。當自己是一個地道的福建人去欣賞！

記得很清楚的有代表性的薄餅，也叫潤餅。包起十分麻煩，要花

三、四天去準備，當今已沒多少家庭肯做，一聽到有正宗的，即刻跑去吃，甚至找到廈門或泉州去，當是返回家鄉。

小時還一直往一位木工師傅的家裏跑，他是廣東人，煲的鹹魚肉餅飯一流，臘味更是拿手好戲，淋上的烏黑醬油，種下我愛粵菜的根。後來在香港定居，廣東菜在日常生活中已是離不開的。

當然馬來菜也喜歡，甚麼辣死你媽的早餐，各種咖喱、沙嗲等等。馬來菜源自印尼菜，我連印尼菜也當成家鄉菜，而且吃辣絕對沒有問題，小時偷母親的酒喝，沒有下酒菜，就到花園裏採指天椒，又叫小米椒來送，這導致喜愛上泰國菜，長大了去泰國工作，一住幾個月，天天吃，也不厭。

在日本留學和工作，轉眼間就是八年，有甚麼日本菜未嚐過？但我從來不認為日本料理有甚麼了不起，而且種類絕對比不上中國菜，變化還是少的。

倒是覺得韓國料理才是家鄉菜，我極愛他們的醬油螃蟹和辣醬螃蟹，他們還將牛肉鎅得柔柔軟軟，讓家裏的爺爺沒有牙齒也咬得動，叫為孝心牛肉。這種精神，讓我感動，說韓國菜是我家鄉菜，我也不反對，反正他們的泡菜，是越吃越過癮，千變萬化，只要有一碗白飯就行。

法國料理一向吃不慣，高級餐廳的等死我也，小吃店的才能接受，意大利菜就完全沒有問題，吃上幾個月我也不會走進中華料理。

在澳洲住了一年，朋友們都說澳洲菜不行，不如去吃越南菜或中國菜，但到了異鄉吃這些不是本地的東西，就太沒有冒險精神了。一個陌生的地方總有一些美味的，問題在於肯不肯去找。

努力了，你便會發現他們有一種菜，是把牛扒用刀子刺幾個洞，把

生蠔塞了進去再烤的吃法，甚為美味。他們的甜品叫芭布露娃（Pavlova），用來紀念偉大的芭蕾舞孃，一層層輕薄的奶油，像她穿的裙子，也很好吃。不過當為家鄉菜，始終會覺得悶的。

如果說順德是我的家鄉菜，我會覺得光榮，簡簡單單的一煲鹽油飯已經吃得我捧腹出來，精緻的是我最近嚐到的肥叉燒，用一支鐵筒插穿半肥瘦的豬肉，中間將鹹蛋灌進去，燒完再切片上桌，真是只有順德人才想得出來的玩意兒。還有他們的蒸豬，是把整隻大豬的骨頭拆出來，塗上鹽和香料，放進一個像棺材一般大的木桶裏面，猛火蒸出來，你沒試過不知道有多厲害。

當杭州是家鄉的話，從前是不錯的，在西湖散步之後回到賓館吃糖醋魚，配上一杯美酒，有多寫意！當今湖邊擠滿遊客，到了夏天一陣陣的汗味攻鼻，實在是不好受的事，而且食物水準一天天的低落，連醬鴨舌也找不到一家人做得好，別的像龍井蝦仁、東坡肉、餛飩鴨湯等，還是來香港天香樓吃吧。

昨夜夢迴，又吃了上海菜了。五十年代初有大批上海人湧到香港，當然帶來他們地道的滬菜。好餐廳給熟客看的不是菜單，而是筷子筒。把筷子筒拆開，在空白處寫着圓菜，那就是甲魚；寫着划水，那就是魚尾；寫着櫻桃，那就是田雞腿，都是告訴熟客當天有甚麼最新鮮的食材，的確優雅。

草頭圈子是一種叫為草頭的新鮮野菜和紅燒的豬大腸一齊炒的。炒鱔糊是將鱔背紅燒了，上桌前用勺子在鱔背一壓，壓得凹了進去，上面鋪着蒜蓉，再把燒得熱滾滾的油淋上去，嗞嗞作響上桌。

菜餚都是油淋淋黑漆漆的，叫為濃油赤醬。開放以後我到上海到處找，像老正興、綠楊村、沈大成、湖心亭、德興館、大富貴、洪長興等等，都是國營的，侍者態度怎麼可憎也忍了下來，但就是沒有濃油赤醬，所有菜都不油、不鹹、不甜。將老菜式趕盡殺絕。而且，最致命的是不用豬油了。

醒來，一大早跑到「美華」，老闆的粢飯包得一流，他太太還會特地為我做「蛤蜊炖蛋」，又叫了一碗鹹豆漿，吃得飽飽。中晚飯也去吃，他們的菜，下豬油的。

我前世應該是江浙人，所有江浙菜，只要是正宗的我都喜歡，我的家鄉菜，是滬菜。

只要好吃，都是家鄉菜，我們是住在地球上的人，地球是我們的家鄉。

歸鄉

本來，在清明時節要回新加坡拜祭父母，俗事纏身，一拖再拖，到了陽曆六月底才動身。

這回同行的有友人盧健生和太太及公子，他們要去新加坡展示新產品，講好一齊吃個飯。

抵達之後有如一貫，在弟弟家打台灣麻將，當天適逢他的七十一歲生日，兒子和媳婦特地買了一大堆他愛吃的小食，有福建炒麵、馬來沙嗲、烏打Otak-otak、各種海鮮蒸炒，以及馬來西亞榴槤等等水果為他慶祝。

這些東西也是我愛吃，但是都已經有其形而無其味，和我小時候吃的完全不同，只剩下榴槤原汁原味地從馬來西亞運來。

新加坡小吃一向著名，七八十年代有個叫Car Park的小販集中地，各國外賓來吃過，都念念不忘，後來搬去了Newton，就每況越下，一些海鮮更是專斬遊客，價錢貴得不合理了。

可是當地人每天都要吃呀，真的沒有了嗎？也不是。只要你懂得去尋找，還可以尋回小吃的記憶，但這是每一個人都不同的，也許遊客們不以為然，但是對於我們這些老新加坡人，小食還是比得上山珍海味。

外國人也不是完全不會欣賞，但根基於甚麼，他們才說好吃呢？很簡單，就是比較呀，真的味道，大家都吃得出，外國人並非每　個都是傻瓜。

舉個例子，一個早上我帶了盧健生和他太太去吃肉骨茶，這是他們最喜歡的新加坡食物，我每次和他們去香港的南洋料理店，他們必點此味。

好的肉骨茶在新加坡還有不少，新加坡人各有他們喜歡的檔子，一談起，哪家最好吃，就要爭吵起來。有的說中峇魯的那家沒人比得上，有的說他們家附近的小販中心的還是有古早味。

不必猜測，我帶了他們去仰光路的「黃亞細」，這家老字號以香港特首也被拒絕而聞名，其實那是因為訂座時因大批的保安人員同行，當天因而招呼不到，後來曾先生也到了，不像流傳中說沒去過沒有吃過的。

早上七點鐘抵達，天氣清涼，我們坐在靠近街邊的桌子，盧兄也覺得環境十分幽靜，我說昔年屋旁還有一排大樹，樹影下進食，更是美妙。

幾乎把整間店的食物都點，排骨分幾個等級，我們要了一根根排骨帶少許筋肉的。另有豬腰、豬膶和豬尾。還有滷豬皮，許久未嘗此味，的確好吃，如果有豬紅的話，那才是一流。我們又要了「菜尾」，從前是用雜菜煮的，當今改成了潮州鹹酸菜。

盧兄一嚐過湯，大叫不同，一下子喝光了，碗底還有了許多胡椒末，店裏的人說可以添加，馬上要了，但到底沒有第一碗那麼香濃。又試了所有的食物，吃得津津有味，大喊比香港吃到的好得多。

這就是我所謂的比較了，沒有比較，就不知道有上層，可惜的是當今的年輕人不去追求，在沒有要求之下，食物只有越做越差。

我向盧兄說，下次一起去馬來西亞的巴生吧，那裏有一家叫「德地」的肉骨茶，一走進去就看到一個雙人合抱的大鐵塔，裏面　排排的排骨，一疊搭一疊，整個鍋都是，只有少許的濃湯。那家人，如果向他們要湯，即給店裏的人說：那麼多排骨煲那麼多湯，哪裏有剩餘的可加？要多湯就多買一碗排骨。

拜祭完父母，依慣例，一家人一齊吃飯，請客的是我媽媽，她人已走，怎麼請客？原來她經營有道，遺下一大筆錢，臨行吩咐一家人聚會時全由她請客。

去的是「發記」，這家老潮州菜館最早時也做到會，爸媽的生日，都請他們來家做菜，帶來了鐵皮，鋪在家中花園草地上，生了炭，就那麼把乳豬烤起來。

現在這家人已由廈門街的老店搬到香格里拉酒店旁邊的大廈中，有許多熟客說甚麼李老闆專心做乾鮑生意去，店的水準大不如前，但盧兄一家吃了大叫好，尤其是那蒸鯧魚。我也試過當今新加坡人推薦的一些新潮州館子，但是比較之下，還是「發記」。李老闆媽媽煮的那道叫「肴肉白果芋泥」的甜品，有厚厚的豬五花腩，又甜又鹹，是別處找不

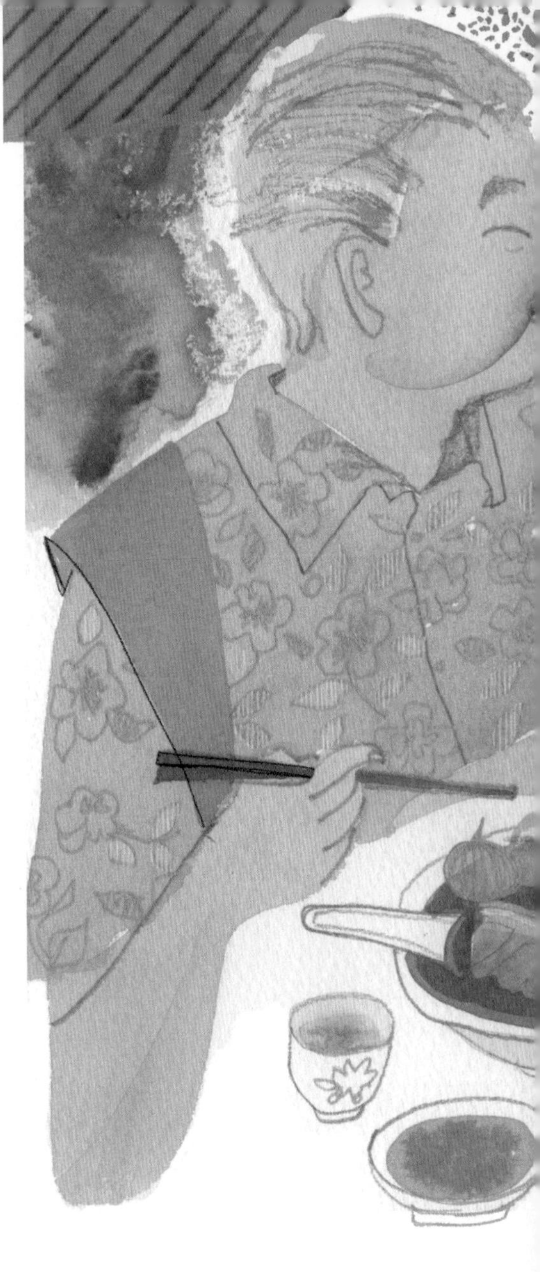

到的。

地址：RELC Building, 30 Orange Grove Road, #02-01, Singapore 258352

新加坡還有一種獨特的沙律，用蝦膏、酸子汁、花生末混在一起，拌着粉葛、青瓜、菠蘿片吃叫羅惹。想起那家叫「豪華羅雜」的老字號，即刻去找來吃，可惜當天關門，我心中一涼，以為完了，原來只是星期二循例休息。

地址：Block 90, Whampoa Drive Makan Place, #01-06, Singapore 320090

還有賣雲吞麵的，和香港的完全不同，下大量的豬油渣，好吃得不得了，叫「金記丹戎禺」。

地址：Block 4A Jalan Batu, JalanBatu Market and Cooked Food

Centre, #01-18, Singapore 432004

老味道真的要努力去找，也要努力保存，千萬別自大，有一個賣豬雜湯的跑來挑戰我，說他做的比老一派還要好，叫我去試，我問他：「你們有珍珠花菜嗎？你們有豬血嗎？」一下子把他的嘴巴堵住了。

跳出框框

早餐，一天之始，非常重要。

別人的早餐吃粥，很是健康。我一向要吃得飽，與其吃粥，我還是選擇吃飯。這習慣很小養成，奶媽是鄉下來，鄉下人種田，不吃飽不行，所以也不煲粥給我吃，炊了飯，雙手揑成圓圓胖胖的飯糰，配上鹹菜吃一兩個，一定飽，所以早上喜歡吃飯。

馬來人的典型早餐Nasi Lemak，椰漿煲飯，上面有點炸過的小公魚，半個熟雞蛋，二片節瓜，一堆甜美的辣椒醬，很辣，華人鬧玩笑地叫「辣死你媽」。用香蕉葉包裹成一小包。馬來人飯量不多，我一定要吃兩包以上才夠，是我喜歡的早餐。

日本人的早餐一定有飯，這一下子對路了。他們的味噌湯、泡菜和白飯是任添的，絕對不會空肚。

高級一點，有幾片紫菜，更高級的旅館餐，那幾片紫菜是放在一個大木盒中的。為甚麼要用那麼大的一個盒子？有點巧妙。盒子分兩層，下面燒着炭來烤上面的紫菜，這麼一來，紫菜永遠乾爽香脆，非常用心思。

韓國早餐豐富起來也厲害，先來一杯現搾的人參汁或松仁汁，加上蜜糖，接着是烤肉、或牛舌，牛肚湯解酒，然後有數不盡的拌飯小食，最後是那好吃得要命的辣椒醬，用極細膩的辣椒發酵出來，劣等和高級的相差一萬八千里，單單用辣椒醬拌飯已是人間美味。

在泰國一早就吃麵，他們的乾撈叫Ba Mee Haeng，麵的份量很少，鋪着的是肉碎、魚丸、魚片、蝦和生蠔，加豆芽、芹菜和冬菜，鋪上炸香的小紅葱、蒜蓉，和淋上那致命美味的豬油。

到了歐洲，入鄉隨俗，吃麵包，西班牙加塔隆那地區的麵包片烤得香脆，然後抓住一顆大蒜往上面磨，擦了又擦，越多越好，最後冉塗番茄醬，這塊麵包，只要撒上少許食鹽，已經很好吃，當然旁邊還有雞蛋餅奄列，做法千變萬化，一大塊一大塊當飯吃。

我喜歡的是正式的英國早餐，叫做A Full English Breakfast，中間一定有番茄豆、大條香腸、培根、雞蛋、香菇、薯仔蓉和麵包。當然，必須配上一杯濃到極點的英式早餐紅茶。

香港人一向看不起印度早餐，那是因為他們沒有吃過上等的。先來一杯香濃的酸奶Lassi，有甚麼都不加的，有加糖、加芒果、加玫瑰糖漿的，會喝上癮。接着用一個大圓鍋，燒熱後把蛋醬加麵粉糊放進去煎，中間加了雞肉末，最後烤成一大塊餅捲着來吃。如果不夠喉，有焗飯

Biryani，那是長米混香料炊出來，再來把羊肉塊煮軟了混在飯中，然後放進一個銀製的小鉢，上面像法國洋蔥湯一樣用麵皮封住，再焗它半小時上桌。打開那層麵皮時，羊肉香噴噴地讓你狂吞三大碗，當然，不喜羊肉，可用雞肉代替。

到了大陸，豐富的早餐更是無窮無盡，先去武漢吧，早餐的重要性可從「過早」這兩字得知，別人在過年時吃精神，搬到這裏，叫為「過早」。典型例子有熱乾麵，那是一種乾撈拌麵，簡單的食材也弄得極美味。賣熱乾麵的地方也賣粉，有寬粉、細粉和豆絲，配上牛肉、牛雜，再用肉醬拌之，其他的有生煎、鍋貼、小餛飩和湯包，選擇多得不得了。

受老舍影響，一到北京當然先嚐豆汁，最初接受不了，一愛上了就成為老北京。還有他們的滷煮，包子和沒有肝的炒肝，最後來　張加雙份糖的糖油餅，絕對有幸福感。

到了杭州，早上第一間光顧的當然是「奎元館」，當今一碗麵也可以賣到五十塊人民幣以上；我的朋友俞志剛先生最愛的是片兒川，麵中有蝦仁雪菜，瘦肉和筍片。我愛吃的則是蝦爆鱔麵。

說到麵，有一次被網友挑戰，說我只知道叫菜，但會不會做呢？我也不回答，只在微博一連一個月煮三十種不同的麵，把照片放在微博，最好的早餐，當然是自己做。

至於最豪華的，只要你肯花錢，用高貴食材，就變成豪華，但是豪華是一種感覺，各人認為的不同，只要跳出框框思考就是。

我的豪華，是把一尾大龍蝦做成三味，肉刺身，頭和膏燒烤，殼、爪和芥菜及豆腐煮鍋。當今物資豐富，晚飯吃龍蝦不當成怎麼一回事，但是用來做早餐，就會「哇」的一聲叫出來。

跳出框框思考，都是驚喜，都是享受，我媽媽喜歡早上喝白蘭地，倪匡兄見到，說他不喝，要到晚上才喝。我媽媽說：「你不喝，我喝，現在是巴黎的晚上！」

甘棠燒鵝

最近常去的一家餐廳，叫「甘棠燒鵝」，開在南華體育會。為甚麼會跑到體育會去開餐廳？為甚麼要跑到體育會去吃燒鵝？都是因為這一家是我的朋友甘焯霖開的，焯霖兄是已故「鏞記」老闆甘健成的遠房親戚，常在餐廳出入，和一群師傅也混得很熟，得知該店的頭號燒臘師傅「棠哥」馮浩棠退休，即刻和他合夥開了這家餐廳，棠哥是一個寶貝，店名就用了他的姓和棠哥的名，故叫「甘棠燒鵝」。

棠哥還把他的得力左右手陳兆懷帶來，有好的燒鵝，沒有專家來切，是不好看的。陳兆懷這位快刀手，會將整隻鵝斬件擺成一個圖案，異常優美。

接着，甘焯霖又納入了廚房師傅鄧錦順，他是之前在「聘珍樓」當大廚，煮得一手好菜，更是如虎添翼，不然只吃燒鵝，也會過於單調。

一切準備就緒，在甚麼地方開才好呢？人才就是花錢的，如果加上貴租，那麼一餐下來，沒有一萬也得八千，不是甘焯霖想要，我也不喜歡這一類貴店。

恰好他的結交廣闊，知道南華會有一空檔，之前是茶餐廳，他又和南華會主席盧潤森是老友，就決定在那裏開。南華體育會是一所超過一百年，歷史悠久，運動多元化的平民體育館，相信很多老香港人都在那裏打過保齡球。

南華會一般人是進不去的，要當會員才行，但入會會籍費用大眾化，一個月的「觀光會員」只要港幣二十塊罷了，一年的普通會員一百二十塊，在「甘棠」吃完入會即可，會贈送價錢相等食券，等於不要錢，永遠會員則是一千五百港幣，當今入會最適宜，再下去可能要加倍。

這麼一來可以壓低租金，吃東西就可以享受到平民化，絕對沒有被斬得一頸血的感覺，我每次請朋友付賬，或某友人搶去給錢，都無傷大雅。

「甘棠燒鵝」的宗旨是美味求真，承傳創新，都是符合我的要求，主掌的棠哥雖然已達退休年齡，但好師傅哪有年紀的限制？是會越做越好。棠哥仍然很有魄力，過去上世紀的工作都在燒味上，師承燒鵝大王甘穗輝，以及燒味大師勞福成，可以說是當今最有經驗的師傅，甘焯霖希望他的經驗後繼給徒弟們，不讓懷舊的燒味失傳。

所謂懷舊燒臘是甚麼？有金錢雞，燒鳳肝，還有快失傳的琵琶燒鵝，也是多年後我才又吃得回的記憶！昨天晚上，更試了懷舊紮蹄，做得軟硬恰好，不像當今的硬如石咬不動。另一種紮蹄，是懷舊的蝦子紮蹄，我本常到「陳意齋」去買來當零食的，試過了「甘棠」做的，切得大大塊，柔軟香噴之極，味道更上一層樓，到了「甘棠」，非試不可。

創新的燒臘，是用西班牙豬肉做的肥燶叉燒，又名甘一刀。所謂甘一刀，是選每一件豬肉的分佈，前端肥肉，然後半肥肉，最後是全瘦。甘一刀是切了肥肉和半肥肉，烤得發焦，再一大塊一大塊斬出來，這部份的肉有限，要吃這道甘一刀，得預訂。

另有鵝肝，不燒烤了，把鵝肝用慢煮的方法，以滷水烹調，可以與法國鵝肝媲美。

年輕人對「金錢雞」也許不熟悉，我再重複一遍，這道燒臘已很少店會做，做出來的也大多數只得其形而失其味，做法是用雞肝、全肥肉和三層肉。過程是以砂糖醃製三天的肥肉成為冰肉，切片，另外是雞肝

甘一刀

也切片，叉燒切片，串起來燒。棠哥加上他秘技，在中間加了一層馬蹄，更有爽甜的效果。

紮蹄當今相信也只有甘棠才能吃到，因為製作繁複需時，主要是先把新鮮豬手的肉和骨頭取去，然後塞入豬舌下的肉，俗稱鮑魚肉（這些肉一頭豬也只有兩小件），最後釀入豬手用滷水慢慢浸熟。

除了燒味之外，廚師順哥煮得一手好菜，最先上桌的煲西洋菜湯已見功力。

為甚麼會與眾不同？為甚麼那麼好喝？為甚麼那麼濃郁？

順哥也不會當成甚麼獨特秘方，他說：「先買最新鮮的西洋菜，十個人份的最少要用五斤，煲至一半，用打磨機打碎，再把原有不打碎的一半放進去再煲，其他原料有陳腎和生魚，生魚先煎過，和南北杏放入湯網中，再和豬踭一齊煲三至四小時，即成。」

當今天熱適合吃瓜，我喜歡的「苦瓜炒苦瓜」這裏也賣，苦瓜一半就那麼炒，一半用高湯灼過再炒，加上等的豆豉（先爆香），再炒，兩種不同的口感，非常好吃。

天冷吃菜，天熱吃瓜，另一種湯叫個冬瓜盅吧，湯底用鮮雞、田雞、赤肉來煲。瓜中放「甘棠」拿手的燒鵝片、西班牙豬肉粒、鮮雞片、田雞腿、鮮蟹肉、火雞腎、鮮蝦、蓮子、勝瓜和夜香花，真材實料。

甜品較為單調，紅豆沙用上好的陳皮煮出來。

地址：香港銅鑼灣加路連山道八十八號，南華體育會一樓

電話：3580 2938

泰國手標紅茶

我在泰國生活的那段日子中，雖然也帶了普洱去沖泡，但是在外不便，喝得最多的，還是泰國手標的本地紅茶，一喝上癮，喝個不停。

通常是向小販買的，泰國小販像螞蟻，每到一處，一歇下來，就有各種小販攤出現，小吃的種類無數，喝的就是咖啡攤，所謂咖啡攤，喝咖啡的人不多，主要是賣茶，而一種商品賣得好時，通常便會出現抄襲的，像可口可樂之後出現百事可樂，但是只有泰國手標紅茶，打遍天下無敵手，一帆風順地出售。

到底是甚麼茶？像錫蘭紅茶嗎？不，不，不，一點也不像。說上顏色，也的確紅，而且紅得厲害，味道不接近任何飲品，是獨一無二的。

好喝嗎？第一次喝，加重煉奶的話，還可以喝下，只是味道出奇地怪，要是不加糖的話，那麼有些人可能一喝都吐出來。

總之，個性強烈，只有喜歡或不喜歡，沒有中間路線，令人愛上，也是這種獨一無二的味道。

顏色紅得近乎不天然，包裝上的內容分析，都只強調零卡路里，零蛋白質，零飽和脂肪酸，零碳水化合物，甚麼都是零，但到底有甚麼原料，只有看不懂的泰文。

那麼香，哪裏來，那麼令人上癮？會不會含罌粟？管他甚麼物質，只要好喝就是，泰國人天天喝，也沒出毛病，我們偶爾飲之，又如何？

小販們通常推着一輛小木車，車上有個鋁質的大圓桶，頂上有幾個洞，裏面煲着滾水，用根鐵勺子，把滾水舀出沖進布包，布包中加茶葉，濃茶即沖出。很少人像我那麼清喝的，都是下了大量煉奶，不甜死你不必給錢。

有時，我還看到小販們把沖完的茶渣扔入大水桶中，水桶下面生火，煲完又煲，不濃也變濃，越濃越好喝，直到上癮。

有些人會停下來，在小販車旁邊慢慢喝，但大多數是拿了走，一面上路一面慢飲。用甚麼裝着呢？當然沒有當今星巴克那種包裝，通常是用一個裝煉奶的罐頭空罐，蓋子打開了，在蓋的中間鑽一個洞，把一條稻草穿過，打個結頂住，就是一個原始又完美的廢物循環容器。

後來慢慢進步，年輕小販更不會用稻草，就發明了一個塑膠的套，套住鐵罐，兩邊有耳朵，可以手提。更進步時，罐也塑膠，袋也塑膠，吸管也塑膠，整個海洋，都是塑膠了。

一喝上癮，想買回去當手信，或自己在家沖泡時，可買他們的罐裝，最早是一大鐵罐裝着，至少有五公斤重，後來慢慢改回罪魁禍首的

UCHIOU
BRAND
MILK
ONDENSED
UCHIOU
NUMBER ONE BRAND
Original Thai Tea

塑膠，變成四百克裝，更有方形罐裝，裏面一包包網裝，泡起來方便。大鐵罐的好像永遠喝不完，改小後，裏面有根塑膠的匙子，一勺一次，份量恰好。

一開始，我就預言，那麼美味的飲品，一定會在東南亞以外的地方流行起來，當今有那勢頭，不只華人喜歡，連老外也上了癮，賣得通街都是。

香港後知後覺，要喝手標紅茶，只有去到九龍城的泰國店才能找到，而且不是每一家都有。看到台灣人的甚麼珍珠奶茶紅遍天下，泰國人也自設了手標紅茶專門店，現在你去到泰國的每一個大型的商場，都能找到一家分店。

商標是大大隻地寫着ChaTraMue，分別賣茶拿鐵，抹茶刨冰，玫瑰奶茶，更有各種軟雪糕。説到雪糕，手標紅茶雪糕奶味十足，又軟又滑。

手標紅茶始於一九二〇年，由一個華僑始創，到了一九四五年，這家人發揚光大，在曼谷的唐人街正式建立公司，剛開始時不是獨沾一味賣泰茶，也由中國進口烏龍、綠茶和鐵觀音等等茶葉，但天氣熱的泰國不適宜只喝中國茶葉，便開始在清萊種植賣這些有茶味，並可以加糖加奶加冰的獨特紅茶了。

我們自己沖泡時，用甚麼煉奶好呢？當然是用原汁原味「烏鷲牌UCHIOU」煉奶了。

在二〇一七年二月，這家人開始推「玫瑰花茶」、「荔枝玫瑰花茶」和「蜂蜜玫瑰花茶」，加了大量的冰，用最多的糖泡製，裝入塑膠杯中，杯耳上面印有「Happy Valentine’s Day」字眼，超級浪漫。

現在都會幾句泰語，到了那邊叫起來較為方便：一，Chaa Nom Yen

茶濃煙，就是泰文冰奶茶的意思，把字拆開，Chaa當然是茶的意思，Nom就是牛奶了，而Yen就是冰了。

如果想在香港購買，可到「昌泰食品」。

地址：九龍城啟德道25號

電話：+852-2382-1981

家常湯

你喝些甚麼湯？記者問。

最好喝的當然不是甚麼魚翅鮑魚之類，家常的美味。每天煲的湯，當然是最容易買到的當造食材。

今天喝些甚麼呢？想不到，往九龍城菜市場走一趟，即刻能決定。

看到肥肥胖胖的蓮藕，就想到章魚、蓮藕豬骨湯了。回到家裏，拿出從韓國買回來的巨大八爪魚乾來，洗個乾淨，用剪刀分為幾塊，放進去陶煲內。排骨選尾龍骨那一大塊，肉雖少，但骨頭最出味，極甜。另外把蓮藕切得大大塊地投入，煲個兩三個鐘頭，煲出來的湯是粉紅色，就是上海人倪匡兄最初見到，形容不出，把它叫為「曖昧」的顏色。他試過一口即愛上，佩服廣東人怎麼想得出來。

當今天氣炎熱，蔬菜不甜又老，最好還是吃瓜，而瓜類之中，我最愛的還是苦瓜。用小排骨，即肉排最下面那幾條，斬成小件，加大量黃豆，苦瓜切成大片，最後加進去才不會太爛，這口湯，也是甜得要命，又帶苦味來變化，的確百喝不厭。

至於要煲多久，全憑經驗，有心人失敗過幾次就能掌握，一直喊不會煲湯的人，是懶人。

雖說天熱蔬菜不佳，但也有例外，像空心菜，也叫蕹菜，就越熱越美。買一大把回來，先把江魚仔，就是鯷魚乾，到處能買到，但在檳城買到的最鮮甜，去掉中間的那條骨，分為兩瓣那種，滾它兩滾，味出，即下蕹菜和大量蒜頭，煮出來的湯也異常美味。

老火湯太濃，不宜天天喝，要煮這種簡易的清湯來中和一下。

清爽一點的還有鯇魚片芫荽湯，鯇魚每個街市都有，買肚腩那塊，去掉大骨，切成薄片，先把大量芫荽放進去滾，湯一滾，投入鯇魚片，即收火，這時的湯是碧綠色，又漂亮又鮮甜。

我喜歡的湯，是好喝之餘，湯渣還能吃個半天的，像紅蘿蔔煲粟米湯，粟米要買最甜的那種，請小販們介紹好了，自己分辨不出的。如果要有療效，那麼放大量的粟米鬚好了，可清肺。下排骨煲個一小時，喝完撈出粟米，蘸點醬油來啃，可當點心。

說到蘿蔔，青紅蘿蔔煲牛腱，最好是五花腱，再下幾粒大蜜棗，一定好喝。從前方太還教了我一招，那就是切幾片四川榨菜進去，味道變為複雜，口感爽脆。牛腱撈出切片，淋上些蠔油，又是一道好餸。

花生煲豬尾也好喝，大量大粒的生花生下鍋，和豬尾煲個一兩小時，湯又濃又甜。我發現正餐之間，肚子餓起來，最好別亂吃東西，否則影響胃口，這時吃幾小碗花生好了。豬尾只吃一兩小段，其實當今的豬，尾巴都短，要多吃也吃不到。

豬尾豬手，毛一定要刮乾淨，除了用火槍燒之，另外就是用剃刀仔細刮個清清楚楚，不然吃到皮上的硬毛，心中也會發毛，有時怎麼清潔都剩下一些，是最討厭的事。我曾經一而再，再而三地問那些豬腳專門店如何去毛，他們也說除了上述，也沒有其他辦法。

說到豬腳，北方人多數不介意前蹄或後腳，廣東人就叫前蹄為豬手，後蹄為豬腳，就容易分辨。總之，肉多的是腳，骨頭和筋多的，就是手了。

當今的南洋肉骨茶也開始流行起來，到肉販處買排骨時，吩咐要肉少的首條排骨（肉太多了一吃就飽），再去超級市場買肉骨茶湯包，放進去煲它兩小時就能上桌。別忘記下蒜頭，一整顆，用汽水蓋刮去尾部

的細沙就可投入。喝時會發現蒜頭比肉美味。如果要求高些，當然要買最正宗最好喝的新加坡「黃亞細」湯包，雖然比一般的價高，但是值得的。煲時除了排骨，可下粉腸及豬肝，豬腰則要到最後上湯時灼一灼即可。

在家難於處理的是杏仁白肺湯，可給多點錢請肉販為你洗個乾淨，加入豬骨和杏仁進去煲，煲至一半，另取一撮杏仁用攪拌機磨碎再加上，這麼一來杏仁味才夠濃。

要湯味濃也只有用這方法，像煲西洋菜陳皮湯，四五個人喝的份量，最少要用上五斤的西洋菜，一半一早就煲，另一半打碎了再煲。肉最好是用帶肥的五花腩，煲出來油都被西洋菜吸去，不怕太膩。總之要以本傷人，煲出一大堆湯渣來也可當菜吃。

另一種一般家庭已經少煲的湯是生熟地湯，用大量豬肉豬骨，煲出黑漆漆的湯來，北方人一見就怕，我們笑嘻嘻地喝個不停，對身體又好。

跳出框框來個湯最好，當今的冬瓜盅喝慣了已不覺有何特別，最近在順德喝的，不是把冬瓜直放，切開四分之一的口來做，而是把冬瓜擺横，開三分之一的口，瓜口不放夜香花，而以薑花來代替，裏面的料是一樣的，但拿出來時扮相嚇人，當然覺得更是好喝了。

不過我喝過的最佳冬瓜盅，是和家父合作的，他老人家在瓜上用毛筆題首禪詩，我用刻圖章的刀來雕出圖案，當今已成絕響。

莆田

小時，我家隔壁住了一家福建人，一直教導我福建文化，讓我學會一口流利的閩南語，食物上更是仔細地把各種地道的分享，令我對福建菜深深入迷。

長大後在各地住，很多異國菜和粵菜以外的食物都嘗遍，少的只是福建菜，說他們的人不會做生意，倒也不是，當今在全國遍地開花的沙縣小吃，就證實他們的成功。

閩南人尤其勤儉，他們認為與其去餐館吃，不如在家做，又便宜又好吃，所以福建菜在自己地方以外，相對地比粵菜、川菜少。

來了香港，一直想吃福建菜，但在這裏要找一家都難，只有屈指可數的一些小食肆刻苦經營，所以在二〇〇九年四月二日的《壹週刊》上寫了一篇文章，呼籲福建人來開餐廳，當大力為之免費宣傳。

到了同年五月，一個叫方志忠的年輕人持了一封新加坡好友潘國駒的介紹信來見我，說想在香港開一間福建菜，我聽了非常興奮，要求試菜時一定要叫我。

過了不久，方志忠果然打電話來，地點不是甚麼餐廳，而是設了他基地和實驗的廚房，經練習又練習，終於可以開業。

餐廳叫「莆田」，原來在新加坡已開了多家，生意好得不得了，但說來香港登陸，得從頭做起，非得小心不可。

吃了一大頓，咦，和一般閩南菜還是有分別，原來福建省很大，方言各異，吃的當然不同，東西是好吃的，要怎麼才能在香港成功呢，方志忠問道。

PUTIEN
127
PUTIEN
PUTIEN

我回答：便、靚、正是三個硬道理，不管是做甚麼菜，哪個地方開都行，只要死守住這三條，永不會失敗。但所謂的便，不是便宜那麼簡單，像要吃海中鮮，哪有不貴的？但價高價廉是相對的，比別家便宜，就是物有所值。

靚是好吃，地方乾淨光亮，也屬於靚。至於正，當然是正宗，不投機取巧。

方志忠一直遵守着這三個教條，默默耕耘，從二〇〇〇年第一家店在新加坡開業以來，培養了有質素的員工，一家開完才開第二家。當今，他在香港已經有八家，全球有六十五家了。

有甚麼菜吸引了那麼多的顧客，當然是有他們的明星菜，先來一碟「頭水紫菜」，甚麼是頭水紫菜？原來紫菜還分頭水、二水、三水，甚至到十二水。

每年秋冬交接，正是一年一度的紫菜收成期，第一次收割僅有七天的黃金採割期，紫菜葉片極細嫩，產量極稀少，口味極鮮。這種紫菜稍一用力就能扯斷，接下來的韌性跟着強，當然口感就差了。

莆田這塊地域有一望無際的紫菜養殖場，也是方志忠的家鄉，他從那裏拿到最優質的貨源，在當造時撒上一點小魚，淋上特配的醬汁，就是一碟令人驚奇的好餸，百食不厭。紫菜的好處就是能夠曬乾，味道也不變，浸水後還原，和新鮮的一樣，這麼一來就全年能夠吃到了。

接下來是福建三寶：莆田扁肉湯、百秒黃花魚和莆田滷麵。扁肉湯用豬肉打成極薄的皮，包成小雲吞。百秒黃花魚，一人一尾不必爭，從離水到煮成，不會超過一百秒，才能保持肉和湯的鮮度。

麵也可以用滷水汁來做嗎？滷只是福建人的叫法。實際是下豬油煸五花腩肉，再下發好的冬菇絲，和生蛤肉爆炒，上湯沿鍋邊下，滾後加蔥油渣和生蝦，再下生麵，淋油，淋酒，關火上菜，試過的人無不叫好吃。最近他們還加了一道福建海鮮滷麵，加了多種魚蝦，也很受歡迎。

莆田地道有種特別幼細的米粉，並不像一般漂過的米粉那麼雪白，帶着淺褐色。這種像頭髮粗幼的米粉爆炒後也不會斷，特別容易吸收湯汁，製法純粹天然，太陽曬乾，做法已被列入「非物質文化遺產」，請各位一試，便知道它特別之處。

當然和一般閩南菜相似的也有傳統的海蠣煎，也就是潮州人所謂的蠔烙和台灣人叫的蚵仔煎，但與其他的味道有微妙的不同。

別的地方叫做九轉大腸，這裏叫小腸，把小腸翻完又翻，像有九層重疊的感覺，吃起來也特別地香，喜歡吃腸的朋友不容錯過。

因在新加坡起家，莆田的菜單上少不了海南雞飯，在新加坡住了，師傅也能掌握到正宗的做法。

分店開多了，菜式也不斷地增加，方志忠看中了莆田養的鰻魚，創出泉水現煮，用泉水的魅力，只放薑絲、枸杞和鹽，不加其他醬料和調味品，把鰻魚片燙熟上桌，湯鮮肉甜，魚皮嫩滑彈牙。

用鰻魚為食材的還有鐵板香煎，煎到魚皮微捲，魚肉泛金黃，只需撒上一點海鹽就令人吃個不停。

方志忠知道錢是賺不完的，能一直保持着水準，又去開另一家了。

滿足餐

休息期間瘦了差不多十公斤，不必花錢減肥，當今拍起照片來，樣子雖然老，不難看，哈哈。

為甚麼會瘦？並非為了病，是胃口沒以前那麼好了，很多東西都試過，少了興趣。

年輕時總覺得不吃天下美食不甘心，現在已明白，世界那麼大，怎麼可能？而且那些甚麼星的餐廳，吃上一頓飯幾個鐘頭，一想起來就覺得煩，哪裏有心情一一試之？

當今最好的當然是Comfort food，這個聰明透頂的英文名詞，至今還沒有一個適當的中文名，有人嘗試以「慰藉食物」、「舒適食品」、

「舒暢食物」等等稱之，都詞不達意，我自己說是種「滿足餐」，不過是拋磚引玉，如果各位有更好的，請提供。

近期的滿足餐包括了倪匡兄最嚮往的「肥叉飯」，他老兄最初來到香港，一看那盒飯上的肥肉，大喊：「朕，滿足也。」

很奇怪地，簡簡單單的一種BBQ，天下就沒有地方做得比香港好。叉燒的做法源自廣州，但你去找找看，廣州哪有幾間做得出？

勉強像樣的是在順德吃到，那裏的大廚到底是基礎打得好，異想天開地用一管鐵筒在那條脢肉中間穿一個洞，再將鹹鴨蛋的蛋黃灌了進去再燒出來，切到塊狀時樣子非常特別，又相當美味，值得一讚。

叉燒，基本上要帶肥，在燒烤的過程中，肥的部份會發焦，在蜜糖和紅色染料之中，帶有黑色的斑紋，那才夠資格叫為叉燒，一般的又不肥，又不爐。

廣東華僑去了南洋之後學習重現，結果只是把那條脢肉上了紅色，一點也不燒焦，完全不是那回兒事，切片後又紅又白，鋪在雲吞麵上，醜得很。但久未嚐南洋雲吞麵味，又會懷念，是種《美食不美 Ugly Delicious》，也成為韓裔名廚張錫鎬的紀錄片名字。

在這片集中，有一集是專門介紹BBQ的，他拍了北京烤鴨，但還沒有接觸到廣東叉燒，等有一天來香港嚐了真正的肥燶叉燒，才驚為天人。

這些日子，我常叫外賣來些肥燶叉燒，有時加一大塊燒全豬，時間要掌握得好，在燒豬的那層皮還沒變軟的時候吃才行。

從前的燒全豬，是在地底挖一個大洞，四周牆壁鋪上磚塊，把柴火拋入洞中，讓熱力輻射於豬皮上，才能保持十幾個小時的爽脆。當今用的都是鐵罐形的太空爐，兩三小時後皮就軟掉了，完全失去燒肉的精神。

除了叉燒和燒肉，那盒飯還要淋上燒臘店裏特有的醬汁才好吃，與潮州滷水又不同，非常特別，太甜太鹹都是禁忌，一超過後即刻作廢。

中國人又講究以形補形，我動完手術後，迷信這個傳說的人都勸我多吃豬肝和豬腰。當今豬肉漲得特別貴，但內臟卻無人問津，叫它膽固醇。我向相熟的肉販買了一堆也不要幾個錢。請他們為我把腰子內部片得乾乾淨淨。豬肝又選最新鮮，顏色淺紅的才賣給我，拿回家後用牛奶浸豬肝，再白灼，實在美味。

至於豬腰，記起小時家母常做的方法，沸一鍋鹽水，放大量薑絲，把豬腰整個放進去煮，這麼一來煮過火也不要緊，等豬腰冷卻撈出來切片吃，絕對沒有異味，也可當小吃。

當今菜市場中也有切好的菜脯，有的切絲，有的切粒，浸一浸水避

免過鹹，之後就可以拿來和雞蛋煎菜脯蛋了，簡簡單單的一道菜，很能打開胃口。

天氣開始轉冷，是吃菜心的好時節，市場中有多種菜心出現，有一種叫遲菜心的，又軟又甜，大大棵樣子不十分好看，但是菜心中的絕品。

另一種紅菜心的梗呈紫色，加了蒜蓉去炒，菜汁也帶紅，吃了以為加了糖那麼甜，但這種菜心一炒過頭都軟綿綿地色味盡失，雜炒兩下子出鍋可也。

大大棵的芥蘭也跟着出現，我的做法是用大量的蒜頭把排骨炒一炒，入鍋後加水，再放一湯匙的普寧豆醬，其他調味品一概無用，最後放芥蘭進去煮一煮就可上菜，不必煮太久，總之菜要做得拿手全靠經驗，也不知道說了多少次，不是高科技，失敗兩三回一定成功。

接着就是麵條了，雖然很多人說吃太多不好，但這陣子我才不管，盡量吃。我的朋友姓管名家，他做的乾麵條一流，煮過火也不爛，普通乾麵煮三四分鐘就非常好吃，當然下豬油更香。最近他又研發了龍鬚麵，細得不能再細，水一沸，下一把，從一數到十就可以起鍋，吃了會上癮。

白飯也不能少，當今是吃新米的季節，甚麼米都好，一老了就失去香味。米一定要吃新的，越新越好，貴價的，日本米一過期，不如去吃便宜的泰國米。

當然，又是淋上豬油，再下點上等醬油，甚麼菜都不必，已是滿足餐了。

別怕，醫學上已證明豬油比甚麼植物油更有益，儘管吃好了，很滿足的。

鏞鏞

「鏞記」自從第二代傳人甘健成去世後，有些家庭糾紛，入稟法院，被判清盤。客人以為清盤就是倒閉，其實這是處理財政糾紛的最佳方法，把物業做一個估計，均勻分配。

至今，所有問題都得到公正的分配，老鏞記繼續由弟弟甘琨禮接手，可有一個新的出發了。第三代後人一直想往外發展，第一間在機場初試，但地點偏遠，營業時間又不是全天候式的，故沒引起甚麼作用。

時機到了，K11 MUSEA想打造成全城最高級的商場，把「鏞記」這塊老字號納入，給予最適宜的位置，從「洲際酒店」那方向進入，在商場正門上電梯，千萬別從Rosewood酒店上來，那是一頭一尾的。

新餐廳取了一個可愛的名字，叫「鏞鏞」，英文名Yung's Bistro，有小館的意思，但地方甚大，總面積有五千三百呎，加上一個兩千多呎的露台，對着中環，景色是一流的。香港天氣一直像夏天，在外面喝杯雞尾酒後進食，或飯後來根雪茄，環境甚為理想。

吃的方面呢？一般和老鏞記的餐牌沒甚麼不一樣，加上十二道「嚐回憶風味」，有味蕾之旅的原隻燒鵝髀、堂煎荷包雞蛋、流心西施炸蝦丸、蟹肉金瓜焗蟹砵、老陳皮潑水翅、燴烏刺參、鴛鴦遠年陳皮牛肉、家鄉梅菜扣腩肉、手撕煙燻童子雞、禮雲子蛋清配兩口飯，童年大白兔糖奶凍等。

當晚和友人夫婦專程去試新菜，認識我的人都知道我吃東西不多，只是淺嘗，所以沒叫太多菜。到了鏞記不吃燒鵝怎行，要了燒鵝腿，二百九十元、炸蝦丸二百、陳皮牛肉三百、禮雲子蛋清配兩口飯三位三百九十、梅菜扣肉三百二十，沒喝酒，加上礦泉水八十，連加一小費，一共花了一千七百三十八大洋，人均消費五百七十九點三三元。

這數字，在那麼高尚的地點，全新裝修的餐廳吃，比起西餐，是公道得不得了的，較日本Omakase，更是便宜得發笑，這　餐吃得很值得。

完全是相對性的，在老鏞記，叉燒飯一盒外賣約六十五，堂食九十，客人就有微言，尤其是叉燒這種東西，一長條有時斬到半肥瘦就好吃，全瘦的部份就嫌硬，這和燒鵝相同，每逢鵝肉香軟的季節怎麼燒都好吃，過了之後就有時太硬，這又是讓人投訴的原因。

新店鏞鏞的新餐廳乾脆用燒鵝腿，這個部位怎麼燒總好吃，下次去叫這道菜好了。

至於價錢，有很多餐廳分午餐和晚餐兩個價格，這有點混亂，新鏞

記用的是全日餐All Day Menu，統一起來反而是公道。

另外，在下午兩點至五點半的非繁忙時段內，也供應一個點心餐牌，更是吃得輕鬆。

說回老鏞記，已是香港代表性的地標餐廳了，從內地來的，馬來西亞新加坡的遊客，都要前來朝拜，生意還是源源不斷的。

有沒有米芝蓮星呢？這一點鏞記倒不在乎，而且所謂的星，是外國人的水準，和本地食評格格不入。我到歐洲，當然相信他們的評語，但是在亞洲，可以不必聽從，而且他們也沒有辦法說服我。

舉個例子，我就不相信他們吃過「鏞記」八樓的「嚐真」菜，要不然他們一定會驚為天人，我也是要有隆重的場合或特別的節日才去，剛好最近收了一位乾兒子和乾媳婦，又到八樓吃一頓。

在這裏除了上契，也有拜師宴可以舉行，當年甘健成很注重這些禮節，也照足古老習俗舉辦這一類的饗宴，其他餐廳都不懂得。

這傳統還是留下的，當天的上契宴上有「蘭亭宴」，用足擺設上五種小吃：清酒非洲鮑、椒鹽海參扣、蜜汁金錢雞、白灼豬心蒂、素心石榴雞五款。鮑魚用的是一頭的罐頭，不必加料，就那麼切開，也有獨特的香味，與其吃硬得像石頭的所謂乾鮑，我寧願吃這種罐頭鮑。

海參扣就是海參的肺，爽爽脆脆地十分美味。金錢雞當然用古法，豬心蒂雖然是不值錢的豬心臟血管，但處理困難，變成高級上菜，石榴雞是素的。

其餘的菜有「雁塔題名」、「衣缽相傳」、「妙筆生花」、「平步青雲」、「名揚四海」等等，取其吉利的菜名，但都是花功夫，仔細分析。有蒸星斑、紅燒鵝掌和大花菇、蒸灼鵝腸、炸新竹米粉淋上麻婆豆腐、竹笙包露筍火腿絲，蒸荷葉飯等等。

當然少不了一上桌就讓所有客人一見難忘「二十四橋明月夜」，由金庸小説中得到靈感，是甘健成和我所創，把一隻火腿削半，電鑽挖出二十四個洞，填入豆腐再蒸八小時出來的菜，都是只能在八樓吃到。

當然還有各種吃不完的佳餚，除了上契和拜師，各種中國禮節上的儀式，當今也只有「鏞記」能留下，他可以全部依足傳統擺設，並教你怎麼完成。

大家都問我吃這一頓要多少錢？人均消費是一千五至一千八一位，這個價錢，你跟朋友吃西餐或日本料理，怎麼吃也不會哇的一聲叫出來。試試看吧！

百去不厭

百去不厭

韓國，好像是一個百去不厭的國家，本來要到日本的，但和友人商討後，又到訪了一趟。

目前有許多便宜得不能相信的航班，但我們坐慣國泰，還是照買他們的貴票。換了大韓航空當然好，不過到了已經太晚，回程更早，好像損失了兩天遊玩的時間。本來一直想乘的，飛機又新又大，吃的有正宗的蔬菜拌飯Bibimbap，空姐又美，到最後還是放棄。

一貫住開的「新羅酒店Shilla Hotel」這回也改了「四季Four Seasons」，看看有甚麼不同？說真的，四季這個集團最好的只有巴黎的喬治五世和布達佩斯的Gresham Palace改建的兩家，其他的都像美式大集團的，但只因國內富豪喜歡，名聲甚響。

首爾的這家也在江北的市中心，走幾步就到新世界百貨公司，明洞也近。從高樓望下，可見大道和景福宮，窗景是漂亮的，不過大堂很矮，沒甚麼氣派可言，比起新羅差得多了。

好處是周圍都有好的小食店和人參雞湯連鎖店，抵達時下午三點左右，肚子已經餓得咕咕作響，友人又喜歡吃雞，就不管好與壞，一下子衝了進去。店裏也賣較為高級的鮑魚人參雞湯和烏骨雞湯，可惜無甚特色，不如我們以前經常去吃的明洞那家「皇后參雞湯」，據說老闆在稅務上出了問題，倒閉了。

第一晚吃的是河豚，喜歡此味的朋友不妨光顧。在韓國吃河豚只要日本的三分之一價錢，而且這裏都不是養殖的，河豚還不是大眾化的食物，價錢雖比日本便宜，也不是經濟差的韓國人吃得起的。

「三井」這家店斬出一大件一大件的河豚肉，新鮮得還會跳動，滾出來的湯，學國內人士說：鮮得眉毛快掉下來。用魚翅或白子熱泡的酒，也可醉人，是滿足的一餐，雖然比不上釜山的「錦繡」那麼豐富。

地址：江南區奉恩寺路626

電話：+822-3447-3030

四季的早餐花樣也多，如果喜歡當地菜的話，新羅只有一款韓定食餐，但這裏有一個角落，專攻韓國佳餚：雜菜飯也有許多選擇讓客人自選蔬菜和各式的韓國湯。

如果不願意在酒店吃，可到「四季」附近的小店去，那裏甚麼都有，賣給公司職員和司機們吃，很有本地風味，又便宜。

早上吃得太飽，中午隨便來一頓吧，友人幾十年前來過漢城，對當年吃的炸醬麵留下深刻印象，不停地嚷着非再吃一碗不可。

永和樓

順着他的意，中午就去了在明洞中國大使館附近的一家叫「開花」的中華料理。有些人說你瘋了嗎？哪有到韓國吃中國菜的？其實不同，炸醬麵已成為了韓國的「國食」之一，和我們的大有相異。

首先是醬，沒有北京吃的那麼鹹，份量也極多，一大碗麵跟着一大碗醬，裏面有大量的肉丁、青瓜和洋葱。從前我吃的，還有海參呢！大概當今海參已經貴了許多，不下了。麵條比一般的粗，以為很硬，咬嚙之下，才發現柔度恰好，混着醬，也的確美味，可以吃上癮的。另外叫了一碟水餃，個子反過來，是很小的。

地址：中區明洞2街107-1

電話：+822-776-0508

來了韓國，不吃宮廷大餐怎行，從前常去的「韓美里」好像易了手，不如去差點忘記了的「石坡廊」。這家人處於環境最幽美的山坡上，庭苑幽靜，古色古香，一走進去即刻感到高尚優雅。記得到了冬天，在花庭中燃燒新斬下來的松木，清香至極。

當今已無伎生和樂隊了，但還是很值得去，地點也離開市中心不遠，絕對值得推崇。

地址：鍾路區紫霞門路309

電話：+822-395-2500

單是吃、吃、吃，不行，總得購物，本來「中部市場」有很多又便宜又高級的海鮮乾貨，買一些章魚頭回去煲蓮藕湯最佳，那裏的麻油和辣椒醬也好。

不過這些東西都能在高級百貨公司買得到，如果沒時間逛市場，就不如到新世界、樂天等的超市去採購吧，雖然貴一點，質量還是能保障的。

至於買甚麼？我的話，喜歡韓國明太子，這種食物的源頭在韓國，產量特別高，價錢也比日本的便宜了許多，包裝也精美，買多點，吃不完放在冰格上，吃前拿出來解凍，特別下飯。

松子也新鮮大顆，還有各類的韓國罐頭，放久也不壞，買了一大堆，高高興興回到香港。

要是沒熟人帶，找一個會說國語的華裔司機兼導遊帶路，此君叫James，中文名字宇暢輝。

電話：+82-10-8887-2893

順德行草展

我的行草展，從第一場在北京榮寶齋開完後，接着是香港榮寶齋，到青島出版社的第三場，將來的第四場到哪裏好呢？友人建議還是在珠江三角吧，好，就先到深圳、廣州和幾個大城市走一趟，考察展出地點的條件。

來到了順德，被當地朋友請去吃了一道叫鹹蛋黃灌肥燶叉燒的菜，就即刻決定下來，第四場在順德開，字一張也賣不出不要緊，有幾餐好的吃，已夠本。

順德以前去過好幾次，每回都是走馬看花，做電視節目時也不過那三兩天，這趟借開書法展的名義，從二〇一九年七月二十七日到八月十一號，一共十五天，有足夠時間讓我在書法展之餘，吃出一個精彩來。

首先介紹這道鹹蛋黃灌肥燶叉燒，從扮相就深深地吸引着你，是聚福山莊構思出來的，用一管鐵筒插入一條半肥瘦的梅頭肉，灌入鹹蛋黃，再用古法把肉燒燶，切成一片片厚厚的肉來，中間釀着流出油來的鹹蛋黃，味道當然好到不能相信，上桌時眾客已哇的一聲叫了出來，非吃不可。

在準備期間和開記者發佈會也去過幾趟，每次都有意想不到的菜式出現，有些是失傳的古菜，有些是創新但不古怪，甚於傳統的美味。有些是名聲已噪，不過到了小店吃到更好，像那雙皮奶和薑汁撞奶，路經名店食時，奶淡如水，投訴後拿去再撞，撞了幾回也撞不凝固，不如小店裏自養水牛的奶汁，還有那貌不驚人的老薑，做出來的雙皮奶和撞奶，簡直是好吃到文字不能形容，各位要親自嘗試才知道我講的是甚麼。

在試吃各種美味之間，我也會盡量地花一些心思，於傳統的食物變出新花樣來，譬如說順德著名的鳳眼果，夏天剛是當造，傳統的做法是先將鳳眼果煲熟，與雞塊焗炒出香味，再燜出來。

如果加上同類的栗子，又有甚麼效果？我再添了大樹菠蘿的種子返去燜出三果來，吃客便會咦的一聲問道：「那是甚麼？」

日本人叫這種不失傳統，但又創新的做法為「隱味」，像吃炸豬扒時配上的包心菜，有家出名的炸豬扒店的特別好吃，原因在於把西芹絲混進去的「隱味」。

不過與其吃一些著名的大菜，我還是喜歡粗糙的，受經濟條件所限時做出來東西，像當今的「龍舟宴」，又用鮑參翅肚，又用雞鵝鴨，就不如把「節瓜煮粉絲蝦米」、「豆角炒蘿蔔粒」、「鮮姑炒鯪魚丸」之類粗菜混入大鑊中的「一鑊香」好吃，這回去，就要去找這些來吃。

說到粗菜，上次去「豬肉婆」，弄出十幾碟大菜來，吃到最後，還是他們家做的「油鹽飯」最佳，幾個朋友各吞三大碗，面不改色。

去到順德，不吃河魚怎對得起老祖宗，上回去，有一家賣魚生賣得出名的店請我吃飯，魚生當今香港人已不太敢嘗試，不過人家吃得上千年的東西，淺嚐又何妨。

不過問主人家，魚油呢？回答說不賣了。甚麼？那才是真正對不起老祖宗，從前我們吃魚生，還會添上一碟盡是脂肪的魚肥膏，我下回去，一定會要求來一碟。

豬雜粥也會去吃，一般的香港都有，「生記」做得也不會比順德人做得差，我去尋求的是豬雜的原始做法和精神。舉個例子，洗豬肚時要

咸蛋
灌
燒
釀鯪魚
阿奶
糖糕
木葉扎

用番石榴葉子加生粉去淨餿味。還有那原汁原味的豬紅，順德人特別懂得炮製，吃了真是可以羨慕死政府禁止血類製品的新加坡人。

海魚一養就遜色，河魚不同，可以養出和野生幾乎同味的河鮮來，順德人還有一種特別的養殖方法叫「桑基魚塘」，勤勞智慧的祖先們將積水的地勢，就地挖深為塘，用泥土覆了四周為「基」。基上種桑，用桑葉餵蠶，蠶的排泄飼魚，形成「桑肥蠶壯，魚大泥肥」的良性循環，當今珠江三角洲各地已賣少見少，只剩下順德還有一些。

魚肥不在話下，桑葉的美食有「桑葉扎」，是不承傳便會失去的點心之一，將各種時令蔬菜切丁，用鮑汁提鮮，再裹上桑葉汁製成的皮，翠綠可喜，別開生面。

桑基蠶香這道菜，用蠶繭、墨魚、夜香花、燒肉、淡口頭菜葉切碎，炒至焦香，裹以魚膠，表面蠶絲，用威化紙切成。

至於甜品的倫教糕，我們怎麼做也做不過歡姐，在我的點心店賣，也只有向歡姐入貨，這是對當地美食的一種敬意。這回去了，聽到有些人說另外一家比歡姐好吃得多，更非去試不可。

一般客人對白糖糕的印象還是只停在「帶酸」的程度，不知應該是全甜的，希望能吃到更上一層樓的味覺，再向他們入貨，這一點歡姐也不介意吧？

釀三寶沒甚麼特別的地方，釀鯪魚卻能讓外國人驚嘆，做得好的餐廳不多，這次希望吃到最佳的，甚麼是最佳，我不停地說，是比較出來的。

本來想把做好的資料一一告訴大家，寫到這裏，發現才說了十分之一，請各位耐心等待，我會再三細訴。

順德，我來也。

想去日本

在辦旅行團的那個階段，我差不多每個月都走一趟日本，當今好久沒去，記得上一次是農曆新年，專程去看顏真卿書法展，也覺得是很久以前的事了。

生活習慣上有很多日本東西，像牙膏、洗頭水和零碎的藥物，都已經用完，託人家帶總不好意思，得親自去買，實在是有點想念了。

這回去的話最好是到京都，別走馬看花了，得住上十天八天，探望幾個老友，其中一位叫川端，賣被單的，我光顧過幾回，他就對我無微不至，雖住京都，是個大阪商人。大阪商人是種國寶級的人物，已經快要絕種，他們對客戶的服務是一生一世的，即使不是自己賣的東西，也會推薦其他，沒有試過不知他們的好處。

京都的寺廟多得去不完，幾乎都到過，已無興趣。現在去是買些古董，還有價廉的碗碗碟碟，家中的讓家政助理打破了又打破，所剩無幾。

當然得光顧我最喜歡的「大市」，這家賣甲魚的老舖已經從元祿年間，在三百三十年前開始賣到現在，由第十八代傳人青山佳生接手，食物說一成不變也不是，把土鍋做得更耐熱，加上用備長炭，可以一千六百度的熱量，五分鐘就能將甲魚煮熟。甲魚自己飼養，用特別的養料，養出又濃厚又清澄的湯來。總之，價錢多年不變，要賣到二萬四千円一客。

更老的有「平八茶屋」，四百多年歷史了，賣樸實的懷石料理，店裏的花園和建築仍然古色古香，價錢也平民化，午餐才三千五百円，晚飯一萬。作家夏目漱石在他的書中寫了又寫，確實值得走一趟，店鋪至今一直做下去，客人來來往往。

住的是我以前經常下榻的「俵屋」，就在市中心，略懂日本文化的人都會欣賞。目前許多友人都在京都買了間小屋住住，如果他們肯讓我過一兩夜，倒是可以考慮，因為旅館不能自炊，在「錦」市場看到食材眾多，都想在當地買了露一兩手廚藝。

經過的一些「漬物」店，我在京都時都會探頭看看，從前做學生時有一個叫百合的女友，家裏開的是泡菜店，當然至今已是老太婆一個，但好的女人不會老。

現在這個季節是新米登場了，抱幾公斤新潟南魚沼米回香港，或者山形縣的「艷姬」也不錯，託人帶實在太重，過意不去。

最好吃的還有樹上熟的柿乾，各式各樣的都有，喜歡的是軟熟無比

PEACE
LOVE
新潟産
JOY

的，那些是一串串掛着來賣的也不錯，一個個剝來吃。

早上下粥的明太子也是我所好，一般的鹹得要死，到百貨公司買最上等的也要不了幾個錢，不能對不起自己去吃劣貨。

來回經東京，當然又得到我喜歡的手杖店，在銀座的」Takagen看看有沒有新的可以收藏，當今家裏已有很多，見到有品味的還是非買不可。

近年來都是和大夥們一齊去吃東西，日本所謂的最高境界還是天婦羅，常去的有「一宝」，但私人旅行的話，我懷念以前經常光顧的「佐が和」Sagawa，就在築地一角，小小的餐廳只能坐八個人，朋友說看近來網上的食評，沒甚麼星，但我不是為星去，吃的是食物的水準和店主結交的感情。

最早的三星廚子神田，我從前帶過他來香港的「銀座」表演，交情不錯，就算沒有訂座打個電話去，總可擠出一兩位子，但我不想和別人去爭了，還是去吃老老實實的一頓「關東煮Oden」好了。

這種最平民化的食物當今做得好的也沒幾家，銀座小巷裏的「御多幸」保存着最原始古老的味道，有生之年可多去。同樣在銀座的有最好的燒鳥店「鳥繁」，如果遇上十一月十五日至二月十五狩獵解禁期，還有野鴨、麻雀、山鳩和野雞可以烤來吃。別擔心會被吃得絕種，日本人很會維護生態，有剩時才讓人欣賞，當然這家人的咖喱飯也是一絕。

我不跑馬，可以吃馬肉，從一八九七年開到現在的「Mino家」有馬肉刺身，也有馬肉鋤燒，日本叫為「櫻花鍋」，因為淺紅帶脂肪的肉像櫻花一樣紅得可愛，去東京最老的「江東區」才能找到。

再過去一點的有「駒形土鰍」也是百年老店，當今已有許多人愛吃鰻魚，也可以順便吃鰻魚的遠房親戚土鰍，價賤無人養，但都是野生的，肥肥胖胖，非常有另一番滋味，和雞蛋一起煮成的土鰍鍋，真想回味一下。

還想去找個手錶，星辰錶有許多產品在香港並不一定買得到，只有三毫米厚的光動能手錶，是世界最薄的，一定準時，也不必換電池，但不便宜，要賣到四十三萬二千円一隻。

當今天氣已漸冷，最好的取暖器是日本的石油爐，一點就熱，不必等待。上面還可以放一壺水，慢慢地沸了來沖茶。可惜航空公司的職員看到了就不准當行李寄艙，其實又沒甚麼可燃物，怕些甚麼？舊的已用久了，得找找方法買一個新的。

再到福井吃蟹

恭賀新歲，照慣例到日本去，不知不覺，已連續了二十年。

這次是到久違了的福井，當然是為了吃螃蟹，越前蟹是稀有品種，而福井的更是不出口到外縣去，東京只有一家，為的是宣傳福井縣，政府津貼的「望洋樓」可以吃到，旁的皆非正品。

這種蟹能夠保持品質，也是嚴守着休漁期，每年只有在十二、一、二月這段時間解禁，又因海水逐漸的暖化，產量越來越少，當今大的也要賣到六七萬円一隻了。

今年剛好趕上農曆正月在西曆一月，豪華點，一共吃兩餐全蟹宴，先在最好的「望洋樓」來一餐，翌日再在旅館中吃第二餐，沒有一個朋友說吃得不夠癮了。

抵步大阪後大家已迫不及待地先到下榻的Ritz-Carlton酒店附近的拉麵店「藤平」，這已是友人不成文的「儀式」。說好吃，其他的拉麵大把，但眾人之前試過之後覺得味道難忘，非來一碗不可。

地址：大阪市北區堂島三丁目3-27

電話：+81-6-6454-2111

休息過後馳車到神戶，三田牛專門店的「飛苑」當今已將神戶市中心三之宮的門市關閉，集中在遠一點的大本營，大眾化的和高級化的齊全。入口處照樣掛着金庸先生的題字「飛苑牛肉靚到飛起」。店主蕨野說：很多大陸客人聽了你的介紹來，見到這幅字都紛紛拍照片留念。

牛肉一大塊一大塊烤得完美，讓大家任吃，不夠不停地加，也用各種方法改變口味，像添了一大匙伊朗魚子醬、鋪大量黑松露和夾烏魚子等等，我們反而鍾意吃三田牛的舌頭，厚厚的一大片，吃完大呼朕滿足也。

走過隔壁去看平民化的食肆，同樣三田牛的燒烤，一個人平均消費一萬円，包括湯和飯。

地址：神戶市兵庫區松原通1-1-69

電話：+81-78-681-6529

飯後走過附近的藥房，本來想買口罩送人，但看到一大堆的存貨，為了不想多帶行李，又可以再逗留多日，就暫時不買了。

翌日一早乘一輛叫「Thunderbird」的火車，從大阪到福井，一個小時四十五分鐘就抵達，直接到「望洋樓」去，這裏的越前蟹都是店主包了船出海捕撈的，爪上釘着望洋樓專用的牌子，保證品質。

先有魚子醬的涼拌，再出螃蟹的各種吃法，當然有刺身，一沾了醬

油肉散開，像花一樣地開着，初吃時以為師傅的刀功厲害，後來才知是自然散發，鮮得不得了，吃刺身也只有這種福井蟹最安全。

接着便是全蟹一大隻一大隻地蒸了出來，再由侍女用純熟的手法剝開，諸友把一大撮熟肉塞入口，那種鮮甜味道，的確只有福井這個地方才能嚐得到，最後更有蟹肉飯，兩大銅釜任吃，眾人已不會動了。

一面欣賞蟹肉一面望着大海，「望洋樓」這張招牌名副其實，也是日本最高級的餐廳，亦可入住，有望洋的溫泉。

人就是這樣了，吃過之後，甚麼「蟹將軍」之類的食肆已經沒有興趣。人，是走不了回頭路的。

地址：日本福井縣坂井市三國町米ケ脇四丁目3-38

電話：+81-776-82-0067

入住有一百三十年歷史的「芳泉旅館」別館的「個止吹氣亭」，最為高級，最大的房間當然有私家花園和露天風呂，走了進去，會迷失路的。我已和女大班和經理混得很熟，像回到家，他們也用這句話歡迎我。

第一晚中午已吃過螃蟹，我留着第二晚才吃，當晚大師傅出盡法寶，甚麼活烤鮑魚，生劏龍蝦等齊出，我推薦大家吃的是甘蝦刺身。到處都賣，有甚麼出奇？福井的甘蝦大為不同，又不出縣，要吃只能來福井。分兩種，一種是和一般的紅顏色，另一種是灰灰暗暗，叫Dasei蝦，一吃進口即知輸贏，那種甜味到底和別的不同，而且份量極多，怎麼吃也吃不完。

第二晚再吃蟹，最後大家只有說可以打包就好了。

中午旅館的老闆娘帶我去一家吃鰻魚的，沒有漢字招牌，就叫Unagiya，嚐到野生肥美的，有機會不可錯過。

地址：福井市高木中央區二丁目4118

電話：+81-776-54-8700

福井這個地方還有一顆寶石，那就是日本三大珍味之一的醬雲丹。雲丹就是海膽，這裏的只有乒乓球那麼大，味極濃，醃製成醬，一瓶要用上百個以上，故價甚貴。周作人在散文中提到念念不忘的，就是這種醬雲丹。店裏的新產品是製成海膽乾粒，來一碗新米白飯，撒上一些，已是天下美味。

店名：Tentatsu

資料：www.tentatsu.com

回到大阪，大家購物去也，才發現各藥房的口罩又被人搶購一空，事情變得嚴重，但我們有美食搭夠，跑出去「一宝」的本店吃天婦羅，這家人知道我們來，特地從東京的店把大哥調過來炸東西給大家，吃完甚麼病都不怕了。

地址：大阪市西區江戶堀1-18-35

電話：+81-6-6443-9135

東方東方快車

受好友廖先生夫婦邀請，我又去了一趟星馬泰。

這回乘的是火車，早年旅行家們形容冗長的航海為「開往中國的慢艇Slow Boat To China」，比較當今高鐵的速度，可以說是『開往東方的慢車』了，一共坐了三天三夜，從曼谷到新加坡。

當然是在豪華的「Eastern & Oriental Express」，我們都受克麗絲蒂的偵探小說影響，一說到東方快車，滿腦子都是掛滿水晶燈的餐卡，穿着晚禮服的風流人物，隨着浪漫古典音樂傳來。

東方快車當然已失去昔日的光彩，但在今天來說已算是一程非常舒適和難得的行程，沒經歷過的旅者都可一試。

這已是我第二次乘坐，最先陪伴着查先生夫婦，從反方向的新加坡到曼谷，那已是一九九三年的事。剛好友人送了我一瓶同年入樽的Glen-farclas威士忌，一路慢慢喝，些梨木桶的濃厚香味，比火車供應的免費雞尾酒好得多。

有甚麼不同呢？已找不到當年穿着馬來傳統服裝的少女，代之的是服務周到的泰國火車少爺，火車照樣緩慢開動，因為車軌一直以來都沒有更換，相當窄小，所以晃動起來劇烈，開動和停止時也發出碰接的巨響，也是非常惱人。

停下來時，我們特別請火車安排了一個燒菜的課程，教的有兩道菜：冬蔭貢和辣肉碎，下車後先由導遊帶我們到當地的泰市場走一圈。

我最喜歡吃的是肉碎撈麵Ba Mee Haeng，找到一家最傳統的，連吞三碗，又汽水又炸豬皮又甜品，加司機和導遊大吃特吃，也不過港幣兩百。

吃完到岸邊上船，是艘駁拖艇，平底的，航行時穩如平地，由當地名廚教導，怎麼用椰漿、蝦湯、南薑、香茅、咖喱葉、草菇、魚露、芫荽和辣椒粉煮成一鍋湯來，冬蔭貢的貢字，是蝦的意思，一看大廚用的是海蝦，已知不對。

海蝦的膏比不上河蝦多，煮出來的湯沒有那種誘人的又黃又紅的顏色，雖然用辣椒油來取色，也不夠紅，而且很多大廚永遠搞不懂的是，椰漿一滾，椰油的異味就跑出來，我再三指出，但都被他們敷衍了事，唉，算了！

繼續上路，第二個可以停下來的是看馬來西亞的橡膠樹，當今這一種工業已沒落，但看女士們怎麼割取乳白膠液，對遊客們來說還是有趣的。

South China Sea
penang
發 記

車上的時間，可做足底按摩，還有相命師解答疑難，餐車有兩卡，一輛高級，一輛平民化，可以輪流來吃，這是高鐵做不到的。

食物更不是高鐵比得上，基本上是西餐，但有時也供應叻沙之類的當地食物，早餐更是送上房來，雞蛋要怎麼做都完美。廖太太是位牛油狂，我本來不太喜歡麵包的，也受她影響，一大塊一大塊牛油，撒上鹽，主食還沒上前已吃個半飽。

車廂一樣，這次入住的房間和上一回一樣，是一輛卡車只有兩間的總統套房，名字好聽，但也不寬敞，浴室只有花灑，車子停下來時沖涼較穩，車上遇到幾位肥胖外籍人士，如果能擠得進去，不怕搖晃了。

火車從曼谷中央車站出發，客人們都早到了，沒事做呆在休息站中乾等，可以建議大家勇敢一點，走到一般火車的大堂，就可以買到大量的腰果開心果魷魚乾等零食，一大堆捧到車廂，可以解悶。

火車慢慢開出，輕空輕空作響，左左右右搖動，吃了晚餐特別容易入睡，發現不動了，原來是火車停了下來，讓客人安眠。

又發出巨響，已聞到早餐香味，過了不久，我們第一個站，就是桂河橋站，這裏對英國兵來説不是很光彩的史蹟，當今當然一點戰爭痕跡都沒有，代之的是一個避暑勝地，十二月初，涼風陣陣，根本不像身置南洋。

這次才知「桂河」的桂字，原來在泰語中是河的意思，照土語來唸，變成了「河河」。

最後一輛，是開放的車廂，可以吸煙和吹風，日落、日出沒甚麼看頭，不像在郵輪上那麼過癮。

酒吧有位上了年紀的歌手，有時打扮成Elton John花花綠綠，用鋼琴彈出各種樂曲，看甚麼人彈甚麼歌。

原有的東方快車，尤其是冬天時雪茫茫，一路有城堡、酒莊的風景，但這輛東方東方，最初看到橡膠樹時大家還會拿起手機拍風景，經過河流，小孩子跳下嬉水，都是遊客的對象，但是連續幾天還是那些東西，大家還是躲進酒吧去了。

終於，到了新加坡，火車站這塊地屬於馬來西亞的，沒甚麼發展，和數十年前一樣。前來迎接的車子已停好，廖先生廖太太迫不及待地跳上，趕着到「發記」去吃蒸鯧魚，還有他們念念不忘的甜品，那是用豬肉蒸芋泥的失傳潮州名餚。

大吃特吃，在新加坡停了兩天，拜祭父母，到第三天，又飛回吉隆坡，在那裏，我要為二〇二〇年的書法展看場地和做準備了。

吉隆坡書法展

很久沒去過吉隆坡了，說很久，也不過是一兩年。

吉隆坡是我人生第一次旅遊的城市，也是我第一次入住旅館，愛上那洗得乾乾淨淨，漿得筆筆直直的床單，從此染上放翁癖的地方。

隨着去了又去，唸中學時還愛上一位住在Pudu Road的女友，情書不斷，一到週末便和友人，偷了他媽媽的汽車，一路從新加坡開往吉隆坡的路上。

Bukit Bintang的Federal Hotel剛開幕時便入住，半夜到達時去對面的停車場吃「流口水」的福建炒麵，比「金蓮記」的更精彩。

湖濱公園中有一檔燒雞店，特別受歡迎，入夜只點蠟燭，幽暗氣氛下的味道最佳，叫侍者呀也不必呼喝，只要輕輕地把鐵匙敲着咖啡杯，對方即刻出現。

出來工作後，被邵逸夫派去發展馬來電影的事業，和諸多香港及日本導演拍了不少極賣座的片子，像《Sayang Anakku Sayang》（1976），至今還是經典作。

後來從電影轉到旅遊，也帶過無數的團到馬來西亞各地吃貓山王和黑刺。到了聖誕節，更上金馬崙高原感受寒冷的氣氛。

如果能像澳門一樣讓人領取雙重國籍的話，我一定入籍馬來西亞，現在於市中心也買了一套房子，聽起來好像惹人羡慕，其實那邊的房地產便宜得令人不能置信，香港人買得起的大把。

這回重遊，目的和過往的完全不同，是去準備開書法展。為甚麼膽子那麼大？我在馬來西亞有一群廣大的讀者，都是由數十年前一位位

「賺」回來，他們看了我的專欄，買了我的書，雖然都是盜版的，這回讓他們買一些真跡。

我也明白在馬來西亞做文化事業的不易，所以不大去追究版權，有一本盜《蕫笑話老頭》縮小版，印刷精美，方便攜帶。我一直追查是誰，向他答謝，後來才知道是一個和尚，但他怕我告他，逃得無影無蹤。

第一次感覺到馬來西亞讀者的熱情，是我在一九九五年七月三號那天，《中國報》租了馬華大廈的三春禮堂，可以坐兩千人以上，為我舉行一次講談會。

當今已是「蘋果旅遊」的總經理王引輝記得很清楚，告訴我當年還帶了女朋友、現在的太太一起去聽。我沒做過此類的公開演講，怕到時忘記要講些甚麼，像做電台時的「死空氣」（dead air），只好把香港口才伶俐的老友何嘉麗帶了去，讓她做司儀，也以防口啞啞時她可以多插一把口。

當晚我早到會場，天下着雨，只有阿貓阿狗三兩隻來到，想不到近開場時，不但坐滿了座位和梯階三千人，更開放了樓上的視聽室六百位，已是四分之一世紀之前的事了。

經濟逐漸轉佳，出版事業也踏入正途，第一家付版權費的出版商叫「青城」，老闆何慕傑後來也成了好友，向他提起書法展事時，他拍胸口說將它辦好。

在甚麼地方舉辦？我一下飛機後他就帶我去看會場，好幾個經常舉辦的會堂都巡視過後，有個初步的印象。

到了晚上，我設一桌，宴請各方傳媒，還有時常去書畫展的友好，共同商議並向他們請教如何定售價，才不會不接地氣。

MADE
To Order
mr.Ho mobile
60122291
862

最後綜合大家的意見，還是在「中華大會堂」舉行較佳。地方我看過，甚有氣派，而且前輩們的展覽也多在這裏辦的，就那麼決定下來，時間訂在二〇二〇年四月二十八至三十號。

大多數的會展舉行得搭架子才能掛畫，要準備的東西太多了，距離現在還有點時間。怎麼裝裱？入鏡框好還是當掛軸好呢？字寫完在哪裏裱？怎麼運到？都是一重又一重的問題。

好在集合了前幾次的經驗，有點頭緒，我生意上的拍檔劉絢強有特別人才辦理這種事，一位叫杜國營的是裱畫專家，已經即刻安排他走一趟，觀察各方面的難題，如燈光等等，研究後再向我匯報，一點點地按部就班處理。

吉隆坡開完會去檳城開，如果時間上配合得了，會接着去新加坡展出。

我在家休息的這段時間每天練，每天寫，一不合心意即刻撕掉。從前藏下來的宣紙已用光，不買新的話不知價錢，才發現便宜一點的紙，都不吸墨了，有的簡直會把好筆磨壞。

不過不管那麼多了，有多貴買多貴的，字寫得不好，最少紙、筆、墨都要一流的才對得起人家。至於內容，還是依照上幾次的展出，以輕鬆的字句為主，說教性的一律不寫，古板的也不寫，心靈雞湯式的更是討人厭，當然不寫。

每次和同好集會，都會問他們有甚麼好玩的句子，這回也得到幾個，分別是「一向不正經」、「只限土豪」、「大吃人間煙火」等，好玩好玩。

順便賣一個廣告，如果有甚麼指定的字句，也可以預早訂購，向何慕傑兄提出即可。他的手機號碼是+601-2229-1862。

乘車到澳門

友人梁冬，自從他在香港鳳凰衞視任職時開始認識，一直欣賞他的才華。當今他創辦了一家叫「正安」的公司，另有個醫療中心，叫「問止中醫」，集中名醫為患者看病，對於調理病人的睡眠，尤其見效，在北京和深圳各有分行數家，美國兩家，深圳五家。

治好的病人經常集會，成了梁冬粉絲團，這次在澳門相聚，要我也去一趟，向各團做一講座，我欣然答應。覺得也不必過於嚴肅，決定在「龍華茶樓」舉行，一面飲茶吃點心，一面交談，輕鬆一點。

整個講座兩小時左右，我在澳門又沒其他事，可以即日去即日返，當今有了港珠澳大橋，更是方便了。

怎麼一個走法？相信很多香港人還沒有利用過，需時多久也少人知道。先給大家一個大概的觀念吧，全程的計算，是從香港市中心到赤鱲角的距離，另加一倍，就可以從香港到澳門了。

我們常去旅行，到機場需要多少分鐘，大家會很清楚，乘車的話，經赤鱲角，轉入一條通往澳門的公路，當今少人利用，至少不會塞車。

這條路走到盡頭，就會進入一條海底隧道，出來之後，再上公路，行走二十公里，便抵達澳門了。

我們在飛機上看下，見那條很長的公路，忽然進入一個島嶼式的建築中，就不見了。到底是怎麼一回事？我這個方向白癡也一直想知道，為甚麼不全程都用橋樑，從香港走到澳門呢？

要讓船經過呀，有人說，是因橋樑到處建得很高，小船從下面通往，是沒有問題的，但巨大的商船或郵輪，就鑽不進去了，公路鑽入海

龍華
茶樓

鳳凰大排檔
咖啡奶茶小菜
車仔麵
各式蒸品
粥 炒粉麵
點心
甜品
牛雜小食
拉布腸粉

底隧道的目的，就是讓大船從上面過，我這次才弄得明白。

要不要經過關口呢？當然要，為了避免將來交通的繁忙，建了一個人工島，專門處理進入澳門和珠海的手續。乘車的話，不必下車，把證件交給海關人員就是。

出了香港關口，還要入境澳門，一路就很順利地抵達，各加起來，全程需要多少時間呢？

這要看你問誰了，駕直通車的司機會告訴你，全程一小時十五分鐘。這個計算太過樂觀，我覺得非常非常順利的話，一個半鐘足夠，如果你約了人在澳門見面，預定兩個小時，就很保險了。

最多人第一個問題就是，車費多少？

用的都是豐田產的Alphard七人車，集團經營的每程約港幣三千，往返大概六千，當然有些白牌更便宜，但並不合法。

目前這種車並不多，因為發的牌照甚少，數目由抽籤決定，以避免澳門交通混亂，大概只有五百多架，據説就快增加。

一般遊客會嫌貴的，但是一家大小前往，一輛車可乘六個人，行李不必搬來搬去，再扣去每人單程就需約兩百多塊船票，有閒階級還是會利用的，尤其是怕暈船的人，更會考慮。

至於怎麼向大集團租車，上網找尋就知道。

上次到澳門，是和一群飲食界的朋友專程去吃友人廖啟承開的法國餐廳，地點在貝聿銘設計的澳門科學館，佔地兩萬多呎，樓頂極高，餐廳名叫「Le Lapin」，法文意思是小兔。之前我在這個專欄中寫過，那已是三年多之前的事了，經過一場大火，自動花灑噴出的水淹至頂，好在藏酒沒受到傷害。説到藏酒，這家人可説是港澳之中數一數二。只要你説得出的佳釀，都可找到。

經三年的全新裝修，二〇一九年十一月重新開業，可說是浴火重生。這回吃又和上次的完全不同，tasting meun有十道菜，老闆兼主廚的廖啟承特別花心思，道道菜吃上不同的口味，也不止是鵝肝醬、魚子醬和黑松露那麼簡單。廖啟承加上東方色彩來變化，像白麵豉鱈魚配茄子，油甘魚刺身配紅菜頭凍湯等，大膽創新。

這位世姪從小喜歡看書，我最疼愛。

他知道我喜歡吃雪糕，專誠為我做的香草軟雪糕，是我此生人吃過最軟綿最惹味的，大家去到，不可不試之。

中午那餐，帶大家去廖啟承另外一家餐廳，那是他開來孝敬老父的大排檔，甚麼小吃都有，食物種類是傳統的，但用食材將水準提升，非常美味。眾友人看到侍者，怎麼那麼面熟？原來都是法國餐廳的員工，他們白天到這裏來服務，報答店主在火災休業三年這一段長日子，還是照發薪金給他們。

地址：筷子基船澳街海擎天38—46號

電話：+853-2823-3318

飽了，帶各位去買我最喜歡的葡萄牙芝士，像一個迷你小鼓，鎅開上層的硬皮，裏面就有可以用茶匙勺來吃的軟芝士，非常美味，也很特別，價錢又不貴，只在一家餐酒的進口商公司買得到，若想購入，得先打電話去預訂：「太白洋行Vino Veritas」

地址：提督馬路39D祐適工業大廈八樓

電話：+853-2885-1180

串流媒體

Daniel Silva作品

經過了經典階段，當今看的是一般人認為垃圾的打打殺殺電影，而小說方面，最好是不花腦筋的殺手故事。

自從二〇〇〇年接觸到Daniel Silva寫的《The Kill Artist》之後，便一直跟着閱讀，至到二〇一九年的《The New Girl》，都是以一個叫格伯烈·雅龍Gabriel Allon的人物連串起來。

和沒有學問的殺手不同，主人公是一個專門為古典名畫做修復工作的人。在慕尼黑奧運中發生的黑色星期五慘案，眾多的以色列運動員被恐怖分子屠殺，事後以色列政府下了暗殺令，叫一群殺手把他們一個個幹掉，而雅龍就是被派去的成員。他的殺人雖然不是合法，但也像占士邦一樣，得到了政府的殺人准許的，這麼一來，原本是做壞事的人物，也得到讀者的同情。

雅龍接着根據命令，也殺了毒梟、阿拉伯恐怖組織的頭目、俄國的黑社會大哥等等，都是該殺的，都不是無辜的。

殺人的人，自己的親戚也被殺，雅龍的兒子因此身亡，他的妻子因悲劇而癡呆。雅龍當然把這些壞人一個個找出來，一個個殺死，讀者得到他一樣的快感。

作者Daniel Silva原本為一個記者，也做過CNN的通訊員，對時事的觸覺很敏銳，每每利用真實事件的人物當故事中的角色和背景，不像一般殺手故事那麼虛無。

他做的資料搜集也十分詳盡，本身在中東住過幾年，從稿費中得到的財產也足夠他到世界各地去旅行，帶着他的太太及一對龍鳳胎到處去。故事的背景都有根有據，得到名聲令他能夠參觀各國的間諜機構，連俄國的情報總部都考察過，所寫的地方真實感十足。

原來是天主教徒的他，因太太是以色列人，進了猶太教，像對以色列的情報總部Mossad有直通車的通行證。小說中的間諜頭子，作者用真實人物Meir Dagan當模特兒，近年才去世，更令讀者相信他的故事。

以雅龍作為主人公的小說一共寫了十九本，一部比一部賣座，除了《The Rembrandt Affair》之外都製成了錄音書，若旅行時舟車勞頓，也可以聽來消磨時間。

比其他殺手小說更上一層樓的是，作者對藝術世界的認識甚深，尤其是對古典作品，還有那些被盜取的名畫也成為作者的寫作資料。歷年來這一行贓物帶來的巨款，變成黑社會人物及各國政要洗黑錢的工具，是個天文數字。

作品中經常出現的名畫收藏家Julian Isherwood亦像藝術界中的真實人物，此人亦邪亦正，也是讀者非常喜歡的。

那麼多年下來，雅龍也逐漸年紀大了，Mossad頭目也周身病痛，他一直要把這個崗位傳給雅龍，但雅龍十分不願意，一有空就是躲在小島上做他的名畫修復，在不得已之下，雅龍只有接受。近來這幾部小說，出現了另一個英國殺手Christopher Keller，被認為是雅龍的接班人，讀者們可以放心，今後小說中的動作部份，由這個人物去承擔，不怕雅龍老去。

愛情部份，雅龍身邊不乏有智慧又勇敢的女間諜或女恐怖分子，但雅龍只對她們發於情，止於禮。至到在一部叫《The Confessor》的小說中，出現了一個猶太教會法師的女兒奇亞拉，她甚至肯為雅龍犧牲性命，後來才成為他的第二任伴侶，雖然雅龍還是時常罪惡感十足地要去探望在養老院的前妻。

總之，Daniel Silva的作品中時常帶着二十世紀初期的英文偵探小說典範，這可以在他的第一本書《The Unlikely Spy》中看到，情節曲折，是一部非常值得閱讀的書。

第二本和第三部寫的《The Mark of the Assassin》和《The Marching Season》以 Michael Osbourne 作為主人公，但這兩部後他就消失了，也可一讀。

Daniel Silva本人戴着眼鏡，俏俏瘦瘦，西裝筆挺，像一個大公司的行政人員多過小說家，他每一部佳作發表後都會作巡迴演講，在網上也可以找到他的各個訪問。

《紐約時報》的暢銷流行榜中，他佔第一名的作品眾多，那為甚麼至今還沒拍成電影呢？占士邦之後，那一類電影的大監製已經絕迹，然多次有人向他買版權，都被他提出的條件難倒，他自稱是好萊塢的噩夢。

如果拍電影的話，那麼多部小説，那麼長的製作時間，要拍到幾時？好在有《權力的遊戲》出現，書可以拍成長篇的連續劇，作者看中了這種方式，和米高梅製片廠簽了約，製作人是《Fargo》、《The Handmaid's Tale》原班人馬，作者才信得過。

拭目以待，Daniel Silva的書，一定會拍成很精彩的長篇連續劇。

好萊塢電影

一說到好萊塢電影，即刻有拍戲不擇手段，只要賺錢就是的印象。的確如此，好萊塢控制在一群猶太人手中，叫他們做虧本生意，不如把他們殺了。

但是，好萊塢也愛才，有天賦的工作人員都被他們吸納，不分國籍，也不分人種。自古以來，那些傑出的歐洲導演都給好萊塢買了過去，好萊塢不放過任何人才，包括中國台山人攝影師黃宗霑James Wong Howe。

甚麼題材能夠賣錢，就拍甚麼戲，愛情片看膩了，就拍動作電影。甚麼，當今人只愛看漫畫？當然起用漫畫題材來拍，包括了所謂的超級英雄，賺個滿盤滿缽，但是卡通式的表現方法看厭了，製片家們即刻轉型，因為他們知道觀眾在進步，他們也非得跟隨觀眾進步不可。

最明顯的是《蝙蝠俠》，弄個有思想的導演Christopher Nolan來拍，把陰陰暗暗的人性注入，即刻又創出一條新路來，製片家們有先見之明，也有膽識作試驗性的投資，好萊塢才能生存。

舉個例子，最近有兩部電影，一是《Terminator: Dark Fate》，一是《Joker》。前者作出保險的計算，已經有五部成功的票房紀錄，又有最初的大導演James Cameron肯出來支持，知道在特技方面一定沒有問題，加上原有的演員Arnold Schwarzenegger和Linda Hamilton，以為一定有把握，但得來的一場災難性的票房慘敗：用一億八千九百萬美元來拍，只收到一億三千五百萬的收入，扣除發行費，一共要虧本一億三千萬美元。

原因是甚麼？製作班底和演員一樣，都垂垂老矣。在那麼多的特技鏡頭的疲勞轟炸之下，觀眾更已經看得生厭的打打殺殺，就算有3D，加上立體音響，也看得打瞌睡了。

反觀另外一部的《小丑》，只用五千五百萬美元來拍，票房紀錄超過九億美元，打破限制級電影的史上票房紀錄。

這又為甚麼？答案是新的嘗試，新的角度，新的演繹方式，加上深奧的演技，是二〇一九年度最好看的電影。

在未走進戲院之前，我聽到許多觀眾的反應，說這是一部非常陰暗的電影，看了令人不快之極，得作心理準備才好走進戲院，但看了就知道它根本不陰暗，像是當今社會的寫實片，也許是我們這些觀眾的心理，已經和電影一樣陰陰森森了。

故事背景都市葛咸城就是紐約，所有人都近於瘋狂。不是那麼瘋狂

WOOD

everythi

的現實，人民又怎麼會去選出那麼瘋狂的一個人來當總統呢？

小丑這個人物雖是《蝙蝠俠》中的一個喜劇性的配角，但他是一個活生生的現代悲劇主角，劇本很仔細地寫出他怎麼被迫變成瘋子的細節，在貧富懸殊的環境下，母親變態式的欺凌，一直被騙為是父親的人拋棄，受大眾電視節目主持人的利用和嘲笑，本來是準備自殺的，結果被迫得一槍打死對方。

編劇高在說故事時，也把現實和幻想交叉敍述，向鄰居女子示愛，也用如真如幻的手法説出，令觀眾也和主角一樣陷入瘋狂的狀態。

漫畫和電影中，從來沒有交代小丑為甚麼會變成一個幫派之主，這部戲裏仔細地介紹小丑的行徑已漸得到瘋狂群眾的認可，當他是英雄般地追隨着他了，那些面具，是第二個《V煞》，代表了人民的不滿和反抗。在現實生活中，人民遭受到的權力鎮壓，比小丑感到的嚴重得多。

而小丑本身是善良的，他不會無緣無故地殺人，他放過了那個比他弱小的侏儒，他只是一個你我，錯不在他，這才是這部電影的主題，這也是為甚麼可以得到那麼多觀眾的認同，買票走進戲院。

最初，好萊塢怎麼才有那麼大的勇氣來拍這麼一部在普遍觀眾眼中的「小眾」電影？

用俗氣的分析，這是非常便宜的投資！當所有由漫畫改編的電影，像《Suicide Squad》，也得用上一億七千五百萬美元來拍時，《小丑》的五千五百萬，虧本也虧不到哪裏去。何況主角Joaquin Phoenix有一班死忠的觀眾，他在《Gladiator》（2000）中演瘋狂的皇帝，已讓人留下深刻的印象，後來的《Walk the Line》（2005）和《Her》（2013）更奠定他的演技派地位，為了《小丑》，他減掉了二十五公斤體重來準備這個角色。

好萊塢的另一個缺點，是用包裝來保護投資，一切要發大來做。拍這部戲時導演也一直受魔鬼的引誘，本來要讓Martin Scorsese來當監製，這一來可以拉到他的好拍檔Leonardo DiCaprio做主角。

好在有導演Todd Phillips的堅持，認為主角非Joaquin Phoenix不作他選。他的誠意又感動了Robert De Niro來當配角，才讓這部片子去開拍。

好萊塢是群魔所聚，也是人才的發源地，美國人當成一種重要的工業來做，是沒有一個國家能夠代替的。當今許多好萊塢電影都有中國人投資的影子，只限於《Terminator: Dark Fate》之類的結局，大家都知道沒有一條成功的方程式，但大家還是把頭埋下去，沒有救藥。

串流媒體

生了一場病，在休養的這一段日子出不了門，電影少看，拼命拿着平板電腦看電視連續劇。

說真的，好萊塢找到這一條路之後，就一直投資美劇，其他國家的製作費沒那麼高，也大力支持，所以有越來越多的可觀節目。

在香港，除了Netflix、HBO、Apple TV之外，還有一個Now收費台，它有一個「即租即睇」的，以付費方式，讓我看到比Netflix更新的電影。

友人曾說，Netflix是一個無底洞，陷了進去就拔不出來，但我發現選擇雖然多，適合自己胃口的還是少的，我在網上有大量網友，他們都叫我推薦一些，免得自己撞來撞去，就此做了一張清單：

毫無疑問，電視劇拍得最好的當然《Breaking Bad》，如果喜歡上片集中的人物，我可以介紹。

一部叫《El Camino》的電影，由演Jesse Pinkman的Aaron Paul當主角，繼續說製毒師的故事。

有一部叫《黑錢勝地》（Ozark），劇情沒有《絕命毒師》那麼曲折，但是還可一看，片集裏有個金髮小姐Julia Garner的演技和形象都令觀眾耳目一新，前途無量。一共拍了兩季，還會繼續。

除了美國人拍的，西班牙製作了兩部精彩片集：來自巴塞隆拿的《H后》（Hache）和來自馬德里的《紙房子》（Money Heist），前者講毒販的故事，據說是真人真事改編。女主角Adriana Ugarte並不算美，但拋了身子去演，作愛場面幾乎是打真軍了。我喜歡的還是男主角

Javier Rey，他的樣子和六十年代的Laurence Harvey長得一模一樣，也許當今的讀者不會有印象，但在當年他是一個巨星，出身於立陶宛的英國人，打入美國影壇，主演過不少經典電影，像《Room at the Top》（1959），是英國新浪潮的代表作。另一部是毛姆小說的《人性的枷鎖》（Of Human Bondage）（1964），後來也被好萊塢叫去，和伊莉莎伯泰萊拍了《Butterfield 8》（1960），泰萊和他成為終生朋友，他是一個酒不離手的人，四十五歲時就死於胃癌。泰萊在他病中探望過他三次，死後泰萊說：「他是太陽的一部份，愛他的人都會說他一走，太陽就黑暗了。」

另一部西班牙片集《紙房子》講一群劫匪打算不流血攻入印鈔票的工廠，首腦和女探長怎麼鬥智，劇情相當曲折，第一集播完，還有續集，和《H后》一樣，女主角不美，男主角英俊。

除了劇情片，Netflix製作了許多關於吃的片集，安東尼．波登死後，最紅的廚子是韓國裔的David Chang張錫鎬，他在紐約創立的Momofuku被美食家捧上天去，發展成一個大集團，在拉斯維加斯、悉尼和多倫多都開了分店。這個肥肥胖胖、滿臉鬍鬚的韓國人得人喜愛，早期的《大廚異想世界》（The Mind of a Chef）拍得極好，在最新的《美食不美》（Ugly Delicious）中已看得出他有點飄飄然，滿嘴粗口，不過他對食物有他的一套見解，愛吃東西的人還是會喜歡的。

新的《深夜食堂》拍了很多集數後已失去光彩。《埋身刺探》（The Spy）是以色列真人真事改編的間諜片集，製作認真，演員精彩，誰都沒有想到一向搞笑的Sacha Baron Cohen嚴肅起來會那麼不同。

一般觀眾如果喜歡《怪奇物語》（Stranger Things），也會跟着等看第三季，隨着看到一群演員的長大，也是件樂事。

HBO製作的《殺手進城》（Barry）也值得注意，由《Saturday Night Live》中的喜劇人物Bill Hader自導自演的黑色喜劇得到觀眾的接受，也得了很多獎。

HBO的製作一向讓觀眾有信心，多年前拍很高水準的片集《Deadwood》，當今有延伸的電影《Deadwood: The Movie》可看。另一套重頭劇是《His Dark Materials》，我看了第一集，還沒入戲，只知道特技已出神入化，真人和電腦作畫的怪物已經融合得一點也沒有破綻，真是個突破。

最後介紹我本人最喜歡的片集《荷里活教父》（The Kominsky Method），片名很誤導，以為是甚麼黑社會片，其實接觸過六十年代好萊塢的，都知道在紐約有一套叫「方法」的演技，馬龍白蘭度、占士甸等都接受過。用這演技法為藍本，寫出兩個老頭子的喜劇，也只有好萊塢能想得出的一對新Odd Couple，由Alan Arkin和Michael Douglas主演，前者是極優秀的演員，戲當然沒有問題，後者做了一輩子小生，到了這片集才知道也是會演戲的。

兩個老頭子大吵大鬧，始終好朋友，中間的小劇情，像老了之後前列腺肥大等笑話，以為年輕人不會接受，但想不到喜歡的人還是不少，觀眾還是聰明的。

當今，Apple TV也加入，用《水行俠》（Aquaman）男主角Jason Momoa拍了《See》，講一群盲人的故事，說起盲人，當然想起《座頭市》的盲俠，片集中的不少劍擊場面都是抄盲俠的。Disney見獵心喜，開創Disney+，租了此台可看所有迪士尼片集，Marvel、Star Wars和National Geographic。

這種新的觀看方法叫「串流媒體」（Streaming），是指一連串的數據壓縮後，經過網站即時傳輸的技術，目前並不完全成熟，等到5G成功，要看甚麼即時看到，將是好萊塢的一場新的大戰，精彩過星戰的。拭目以待。

有聲書的世界

我從多年前開始，就再三呼籲，請愛書籍的朋友，接觸一下有聲書吧！

眼睛一疲倦，沒有甚麼好過聽書，聲音又像母親向子女朗讀，有機會試試，是莫大的幸福。

有聲書起源於提供視障者愛好文學的門框，對一般人來說，聽取小說或讀詩歌，在空閒的時候，尤其是在堵車途中，怎麼說，也好過聽流行曲。

當美國已經把有聲書發展成出版事業的重要商業市場，我們還以為這是賺不了錢的，就算投資，也會很容易地被盜版，得不償失。

漸漸地，大陸已經醒覺，開拓了聽書的市場，帶頭的是「喜馬拉雅」，他們進一步地利用FM電台，流量經已佔到市場五十巴仙以上，最暢銷的著作能達到八千萬到一億五千萬人數收聽，平台用戶逐漸生長，目前用戶量已突破了二億六千萬人。

其他平台不斷地加入戰場，喜歡看書的網友「蠹魚漫遊」最近介紹了我一個叫「微信讀書」的網站，更有數不清的佳作供我細聽，我在靜養的這段期間，有聲書令我更加注視，當今我已經成為習慣，睡前不聽書不能入眠，新作品不斷出現，我也不停地搜索喜歡的。

最好，最成熟的聽書網站是Audible.com，本來都限於英文書，看準了大陸巨大的市場，它已來一個Audible in Chinese的，初翻一下，已有《戰爭與和平》、《老人與海》、《咆哮山莊》、《少年維特的煩惱》等等經典的中文翻譯，當然也少不了本身是中文的《駱駝祥子》、《三國演義》等等。

也許這些書你年輕時已經讀過，當今重溫，又有不同感受。好書是可以一聽再聽的，像金庸作品，可以在「金庸聽書」的網站找到所有著作，除了國語，也有粵語版本和其他方言，聽起來特別親切，如果你想接觸到聽書世界，我大力推薦。

當然，聽原文是一大享受，Audible除了中英文之外，還有歐洲各國語言，另有日文、印度文等等，是全面性的。

現在中文聽書，還是處於一個嬰兒階段，沒有美國那麼厲害，也請不到高手來錄音，像微信讀書，有些作品只用了文字轉聲音的軟件，以機械聲讀出，不過對於不值得用眼睛去看的書，像東野圭吾的作品，我也能忍受下來，聽完他所有著作。

中文網上，一些冷門的翻譯作品也有人欣賞，像《洛麗塔》、《刀鋒》、《人間失格》等等，但多數聽者還是會選《盜墓筆記》和《鬼吹燈》等。

邊看文字邊聽書也是一種經驗，很多機械聲的書都有原文刊載，喜歡的話看讀的人聽起來是雙重享受。

至於英文聽書，我一向不喜歡聽美國腔的，尤其是加州式的美國大兵的英語，我對這一類的英文有強烈的反感，他們每一句話的尾音都像問號一樣地提高音調，有時在餐廳中聽到兩個長得很漂亮的中國小妞講英語，再怎麼穿得性感也令我反胃，起身就走。

美國人講英語，只限於東部的還能忍受，其他鄉下佬説錄音極為難聽，講得最好的當然是英國人，美國人屬於極少數，這麼多年來也只有Gregory Peck講得好，近年當然有演《小丑》（Joker）的Joaquin Phoenix。

Listen
GRAHAM GREENE
THE END OF THE AFFAIR

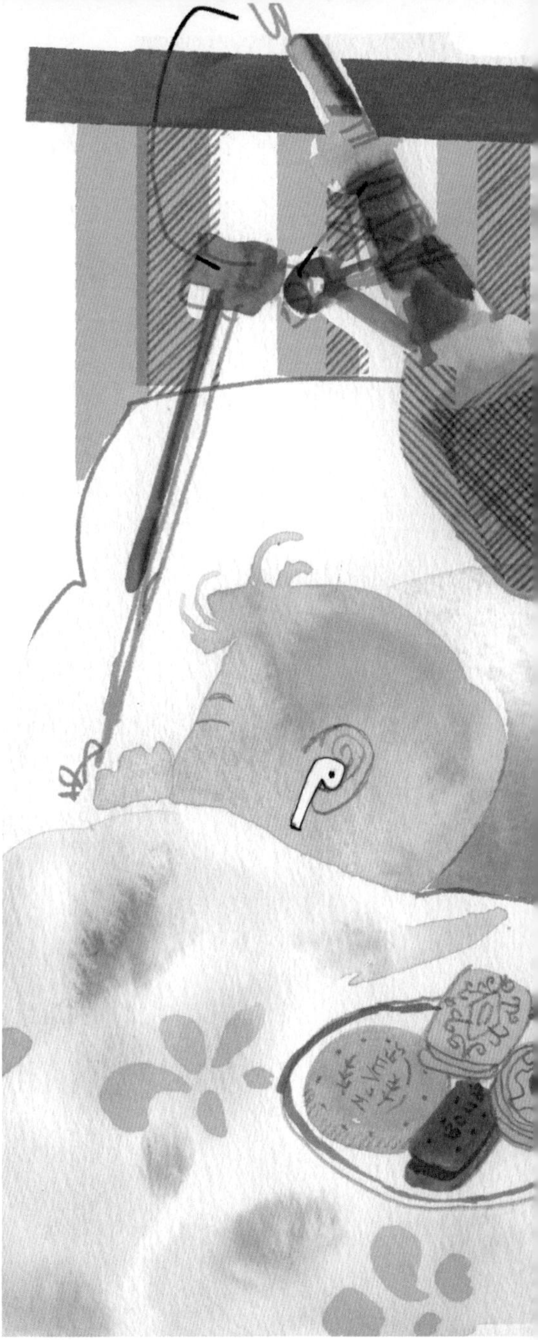

電影上有一點知識的角色，都要叫英國演員來擔任才有說服力。像Anthony Hopkins, Gary Oldman, Michael Caine, Ian McKellen, Sean Connery等，他們的聲線都經過嚴格的舞台訓練，珠圓玉潤，字字聽得清清楚楚，尤其是John Gielgud，聽他唸的莎士比亞十四行詩，簡直是天籟之音。

最近我在Audible找到兩本小說，由知名演員讀出，一是Benedict Cumberbatch讀《Sherlock Holmes' Rediscovered Railway Mysteries》，這個馬臉小生的面容實在醜得不能讓人接受，在電視片集演福爾摩斯演紅了，才看得慣。

以前看福爾摩斯是小時候了，當今重溫，覺得實在易讀，引人入勝，又可以在有聲書上把所有的福爾摩斯小說找出重聽一遍。

另一部叫《The End Of the Affair》，中文名譯為「戀情的終結」

或「愛情的盡頭」，辭不達意。Affair這個字一定是包含了婚外情，譯成「情事已逝」還有點意思，作者Graham Greene把婚外情寫得非常詳盡，雖有性意，但一點感覺也沒，簡直應了「No Sex Please, We Are British」這句話。小說的好處在主人公的內疚和慚愧，感動了所有發生過婚外情的男性讀者，這本有聲書由名演員Colin Firth讀出，聽他娓娓道來，是極大的享受，不容錯過。

古人四十件樂事

古人四十件樂事

古人有四十件樂事：

一、高臥。二、靜坐。三、嘗酒。四、試茶。五、閱讀。六、臨帖。七、對畫。八、誦經。九、詠歌。十、鼓琴。十一、焚香。十二、蒔花。十三、候月。十四、聽雨。十五、望雲。十六、瞻星。十七、負暄。十八、賞雪。十九、看鳥。二十、觀魚。二十一、漱泉。二十二、濯足。二十三、倚竹。二十四、撫松。二十五、遠眺。二十六、俯瞰。二十七、散步。二十八、蕩舟。二十九、遊山。三十、玩水。三十一、訪古。三十二、尋幽。三十三、消寒。三十四、避暑。三十五、隨緣。三十六、忘愁。三十七、慰親。三十八、習業。三十九、為善。四十、佈施。

從前，大部份都不要錢的；當今，當然沒那麼便宜，談的只是一個觀念。

高臥，睡個大覺，不管古今，大家都喜歡，可是都市人很多睡得不好，只有吞安眠藥去。靜坐都市人談不上，我們勞心勞力，坐不定的。

嚐酒可真的是樂事，現在已可以品嚐各種西洋紅白酒，較古人幸福得多。試茶人人可為，不過茶的價錢被今人炒得不像話，甚麼假普洱也要賣到幾千幾萬，拍起賣來甚至到成百萬元，實在並非甚麼雅事。

閱讀的樂趣最大，不過大家已對文字失去興趣，寧願看圖像，連最新消息也要變成甚麼動新聞，看得十分痛心。

臨帖更是不會去做。對畫？對的只是漫畫。

誦經只求報答，求神拜佛，皆有所求。《心經》還是好的，唸起來

不難，得個心安理得，是值得做的一件事。

詠歌？當今已變成去唱卡拉OK了。真正喜歡音樂的到底不多，鼓琴更沒甚麼人會去玩了。

焚香變成了點煙薰，化學味道一陣陣。檀香和沉香等已是天價，並非人人燒得起的。

最難的應該是蒔花了。蒔花這兩個字是栽花種花，整理園藝、栽培花的品種，當今只是情人節到花店買一束送送，並非古人的「蒔花弄草臥雲居，漱泉枕石閒終日」了。

候月？今人不會那麼笨，有時連頭也不抬，月圓月缺，關吾何事。

聽雨嗎？雨有甚麼好聽的？今人怎會欣賞宋代蔣捷的「少年聽雨歌樓上，紅燭昏羅帳。壯年聽雨客舟中，江闊雲低，斷雁叫西風。而今聽雨僧廬下，鬢已星星也。悲歡離合總無情，一任階前，點滴到天明」？

望雲來幹甚麼？要看天氣嗎？打開電視機好了。

瞻星？夜晚已被霓虹燈污染，怎看也看不到一顆。有空旅行去吧，在沙漠的天空，你才會發現，啊，怎有那麼多。

「負暄」這兩個字有兩種解釋：一、向君王敬獻忠心，大部份被奴化的人已漸漸接受了，以為這兩個字是這樣的，不知道它還有第二個解釋，即是在冬天受日光暴曬取暖，這才是真正的樂事。

賞雪嗎？今天較幸福，一下子飛到北海道去。

看鳥去是不敢了，有禽流感呀。

觀魚較多人做，養魚改改風水，擋擋災。不然養數百數千數萬的錦鯉，發財囉。

漱泉嗎？水被污染得那麼厲害，怎麼漱？就算有乾淨的泉水，也被商人裝成礦泉水去賣，剩下的才用來當第二十二條的濯足。

倚竹？當今只有在植物公園裏才看到竹，普通人家哪有花園來種。

撫松也是，只能在辛棄疾的詩中聯想：「昨夜松邊醉倒，問松我醉何如？只疑松動要來扶，以手推松，曰：去！」

遠眺，香港的夜景，還是可觀的。

俯瞰，從飛機的窗口看看，香港高樓大廈吧。

散步還是便宜的運動，慢跑就不必來煩我了。

今人怎有地方蕩舟，有點錢的乘遊輪看世界，沒有的只好來往天星碼頭。

早上學周潤發爬山的好事，至於玩水，香港的公眾泳池有些大媽會在中間解放的。

訪古最好當然去埃及看金字塔了，尋幽就要到約旦的Petra看紅色的古城。

當今人真幸運，旅行又方便又便宜，天熱可往泰國消暑，又有按摩享受；天寒到韓國去滑雪，又有美味的醬油螃蟹可食。

第三十五的隨緣已涉及哲學和宗教了，大家都知道，但大家都做不了，第三十六的忘愁也是一樣。

第三十七的慰親趕緊去做吧，要不然有一天會後悔的。

第三十八的習業是把基本功打好，經過這段困苦而單調的學習過程，一定懂得甚麼叫謙虛。

最後的兩件為善和佈施盡量去做，如果不是富翁，在飛機上把零錢捐給聯合國兒童基金會吧。

任性這兩個字

從小，就是任性，就是不聽話。家中掛着一幅劉海粟的《六牛圖》，兩隻大牛，帶着四隻小的。爸爸向我說：「那兩隻老牛是我和你們的媽媽，帶着的四隻小的之中，那隻看不到頭，只見屁股的，就是你了。」

現在想起，家父語氣中帶着擔憂，心中約略地想着，這孩子那麼不合群，以後的命運不知何去何從。

感謝老天爺，我也一生得以周圍的人照顧，活至今，垂垂老矣，也無風無浪，這應該是拜賜的雙親，一直對別人好，得到的好報。

喜歡電影，有一部叫《紅粉忠魂未了情》（From Here to Eternity），國內譯名《亂世忠魂》，男女主角在海灘上接吻的戲早已忘記，記得的是配角法蘭辛那特拉不聽命令被關牢裏，被滿臉橫肉的獄長Ernest Borgnine提起警棍打的戲，如果我被抓去當兵，又不聽話，那麼一定會被這種人物打死。好在到了當兵年紀，我被邵逸夫先生的哥哥邵仁枚先生託政府的關係，把我保了出來，不然一定沒命。

讀了多間學校，也從不聽話，也好在我母親是校長，和每一間學校的校長都熟悉，才一間換一間地讀下去，但始終也沒畢業過。

任性也不是完全沒有理由，只是不服。不服的是為甚麼數學不及格就不能升班？我就是偏偏不喜歡這一門東西，學些幾何代數來幹甚麼？那時候我已知道有一天一定發明一個工具，一算就能計出，後來果然有了計算尺，也證實我沒錯。

我的文科樣樣有優秀的成績，英文更是一流，但也阻止了升級。不

喜歡數學還有一個理由，那是教數學的是一個肥胖的八婆，面孔討厭，語言枯燥，這種人怎麼當得了老師？

討厭了數學，相關的理科也都完全不喜歡。生物學中，把一隻青蛙活生生地劏了，用圖畫釘把皮拉開，也極不以為然，就逃學去看電影。但要交的作業中，老師命令學生把變形蟲細胞繪成畫，就沒有一個同學比得上我，我的作品精緻仔細，又有立體感，可以拿去掛在壁上。

教解剖學的老師又是一個肥胖的八婆（這也許是影響我長大了對肥胖女人沒有好感的原因之一），她諸多留難我們，又留堂又罰站，又打藤，已到不能容忍的地步，是時候反抗了。

我領導幾個調皮搗蛋的同學，把一隻要製成標本的死狗的肚皮劏開，再到食堂去炒了一碟意粉，下大量的番茄醬，弄到鮮紅，用塑膠袋裝起來，塞入狗的肚中。

上課時，我們將狗搬到教室，等那八婆來到，忽然衝前，掰開肚皮，雙手插入塑膠袋，取出意粉，在老師面前血淋淋的大吞特吞，嚇得那八婆差點昏倒，尖叫着跑去拉校長來看，那時我們已把意粉弄得乾乾淨淨，一點痕跡也沒有。

校長找不到證據，我們又瞪大了眼作無辜表情（有點可愛），更礙着和我家母的友情，就把我放了。之後那八婆有沒有神經衰弱，倒是不必理會。

任性的性格，影響了我一生，喜歡的事可以令到我不休不眠。接觸書法時，我的宣紙是一刀刀地買，一刀刀地練字。所謂一刀，就是一百張宣紙。來收垃圾的人，有的也欣賞，就拿去燙平收藏起來。

任性地創作，也任性地喝酒，年輕嘛，喝多少都不醉，我的酒是一箱箱地買，一箱二十四瓶，我的日本清酒，一瓶一點八公升，一瓶瓶地灌。來收瓶子的工人，不停地問：你是不是每晚開派對？

任性，就是不聽話；任性，就是不合群；任性，就是跳出框框去思考。

我到現在還在任性地活着，最近開的越南河粉店，開始賣和牛，一般的因為和牛價貴，只放三四片，我不管，吩咐店裏的人，一於就把和牛鋪滿湯面，顧客一看到，「哇」的一聲叫出來，我求的也就是這「哇」的一聲，結果雖價貴，也有很多客人點了。

任性讓我把我賣的蛋卷下了葱，下了蒜。為甚麼傳統的甜蛋卷不能有鹹的呢？這麼多人喜歡吃葱，喜歡吃蒜，為甚麼不能大量地加呢？結果我的商品之中，葱蒜味的又甜又鹹的蛋卷賣得最好。

一向喜歡吃的葱油餅，店裏賣的，葱一定很少。這麼便宜的食材，為甚麼要節省呢？客人愛吃甚麼，就應該給他們吃個過癮，如果我開一家葱油餅專賣店，一定會下大量的葱，包得胖胖，像個嬰兒。

最近常與年輕人對話，我是叫他們跳出框框去想，別按照常規。常規是一生最悶的事，做多了，連人也沉悶起來。

任性而活，是人生最過癮的事，不過千萬要記住的事，是別老是想而不去做。

做了，才對得起任性這兩個字。

Dean & DeLuca 的死

在七十年代去美國，不，應該正確一點地說去紐約，因為紐約不是美國，紐約有學問有個性，紐約是紐約，是一生難忘的事。

整個都會活着，每個晚上跳的士高，有些人戴着一個花花綠綠的大帽子在街上走，也不會被當為瘋子。紐約充滿生命，紐約是全世界人最嚮往的地方。

去完中央公園，走到Tiffany櫥窗前學夏萍吃個早餐，再逛現代美術館後，肚子又餓了，即刻想到的就是Dean & DeLuca了。

到底是甚麼商店？至今還有很多人不熟悉，以為這是一家雜貨店罷了，但對熱愛生命的人來說，是一個食物藝術宮殿，非來朝拜不可。

當年傳紐約蘇豪區是藝術家聚集之地，其中有三個鄰居，時常在一起試朱兒童（Julia Child）的菜譜，苦於書中的食材難求。

年輕的Joel Dean在一家出版社工作，Giorgio DeLuca是個教師，而Jack Ceglic是個藝術家。

後來DeLuca開了一家芝士店，而Dean和Ceglic想開廚具店，但沒做成，最後三個人決定集合他們的存款和智慧，開了Dean & DeLuca，為甚麼沒把Ceglic的姓也加上去？他為人豁達，笑着說：「加了店名就太長了，而且，客人有甚麼問題找上門，也不會把我扯進去。」

店的設計Ceglic負責，他的簡約又永恆的印象影響到後人，像無印良品就是他的徒子徒孫。

賣的都是精選的東西，從食物到廚具到飲食圖書，無一不是特別的，當年沒有人認識的意大利陳醋，也由他們引進，別說是龐馬山芝士

了。魚子醬和黑白松露菌老遠空運而來，整間店像食物的博物館。

這一下子可火爆了，所有熱愛食物的人都跑來，畫家、雕塑家、歌星明星演員，各路英雄不到這家店不是時髦人物。

東岸有了，西岸的葡萄酒產區也開了一分店，生意滔滔，是食物界的名牌中的名牌。這種經營方式影響到後來的Eataly和其他高級超市，像香港的City' super，都要向這老祖宗學習。

後來，美國的食神James Beard的助手Felipe Rojas-Lombardi加入，更是如虎添翼，他生產的各種套餐可以在店裏買到，拿回家一叮就是米芝蓮的佳餚。

這三位創始人一塊到世界各地旅行，引進了更多的罕見食材，又鼓勵各位農民種植美國人沒聽過的蔬菜，都是有機的。

在一九九〇年，著名的油漆公司W. R. Grace投資了三百萬美金，隨後也有多名生意人注資，都像着了魔一樣，買到這家店的股份，名片上能印上一個頭銜，就由土豪變成藝術鑑賞家。

生意越做越大，數十年的合作，三人關係特別好，也得過美食界最大的終身獎，大家一坐下來就是談吃東西，又不斷地批評其他人的菜，八卦一番，快樂得很。

其實Ceglic和Dean是伴侶，兩人同居了四十六年，而DeLuca從他的姓一看就知是意大利後裔，愛出風頭，語不驚人死不休，和Dean的溫文爾雅個性完全不同，但兩人混在一起就取得平衡。

店裏賣的東西貴嗎？這問題的答案是不貴不賣，總得比一般超市或雜貨店貴出許多，但顧客們也寧願放棄廉價食物的量，而來這裏追求食物的質。每年的聖誕節，如果收到這家店的果籃，那簡直是最大的喜悅。

食物的殿堂，除了Dean & DeLuca之外就沒有更好的嗎？

當然法國巴黎還有Fauchon，早在一八八六年就開業，德國柏林的KaDeWe經過戰火也屹立不倒，英國倫敦有Harrods百貨公司內的食品部，可惜它們都是以本地貨居多，總看不起其他國家的食品。還有，說甚麼也沒有Dean & DeLuca那種近代美術館的氣氛。

Ceglic早就為了專研他的人像繪畫而不玩了，Dean在二〇〇四年七十三歲時去世，DeLuca意興闌珊，雖然還保持着自己的股份，也不想玩下去。公司的其他股東都有別的生意，最後給泰國PACE Development Techakraisri家族買了去，甚麼來頭呢？原來是泰國最大的地產商之一，曼谷最高的大廈也是他們的。

這麼一來失去了原創者的靈魂，租金又拼命地脹，你說香港的貴租是厲害的，那你到紐約試試，猶太人想出來的方法絕不差過香港人。蘇豪由一個藝術家聚集地變成高尚的住宅區，連自己是地產商的泰國老闆都感壓力。

家族又在東南亞各地發展，要是每一家都像紐約的食物店那還有話說，開的都是二流星巴克，澳門也有一家，香港機場也有，但沒有生意。

分店一家家倒閉，連紐約的旗艦架子上也是空空，吊着鹽水等着關門。

唉，俱往矣，很替沒到過的人可惜，所以說旅行要趁早。

耐看

走過了那麼多地方，還是覺得香港女人好看，耐看。

通病當然是有的，南方女子的個子矮、鼻扁平、身材絕不豐滿，又因為夏季太長，日照時間多，皮膚一般都沒北方女子那麼潔白。

但香港女人勝在會打扮，衣着的品味也甚高，就算不是名牌，顏色配搭得極佳，不相信你去中環走一圈，即刻和其他地方女人分出高低。

外表還在其次，最重要的是在自信，香港女人出來工作的比率較任何地方高出許多。女人賺到了錢，不靠男人養，自信心就湧了出來。

有了自信，香港女人相對上很少去整容，大街上也看不到鋪天蓋地的整容廣告，沒有韓國那麼厲害。

韓國女子的條件比香港好得多，她們源自山東，有了美人的種，她們腰短腿長，皮膚細嫩，身材豐滿，但她們拼命去整容，是缺乏自信心的問題。

香港女人絕對不會高喊男女平等的口號，像美國人那樣，香港社會本身就不會重男輕女，你看所有高職都有女人擔當就知道。

但是在有自信了就看男人不起，這也是毛病，諸多挑剔之下就嫁不出去，不過單身就單身，當今是甚麼時代了，還說女人非嫁不可？

嫁不出去也可說是緣份未到，遲婚一點又如何，我有許多朋友的老婆都比他們大，但只要合得來就是，這是他們兩個人的事，誰會嫌法國總統的太太老了？

為結婚而結婚才是悲劇，已經快二十一世紀了，還糾纏在這個不合理的制度幹甚麼？單身又快樂的女人才是真正有自信的女人，女人賺到了錢，就可以像從前的男人娶小老婆，小鮮肉需要她們去教養。

柔情是女人最大的武裝，許多娶醜老婆的朋友，都是他們在最脆弱的時候，當真正需要一個伴侶，就不會去管別人說些甚麼。

外表再好看，也比不上氣質，氣質從哪裏來？氣質從讀書來。古人說一日不讀書，則語言無味；三日不讀書，面目可憎，是有道理的。

能多讀書，任何話題都搭得上嘴，書本不但讓人知識豐富；書本還讓人懂得甚麼叫謙卑，有了謙卑，人自然好看起來。

所謂的讀書，不一定是四書五經。讀書只代表了一種專注，一心一意地把一件事情做好，經過長時間的刻苦訓練，也同樣認識謙卑，賣豆腐也好，做菜也好，把廚藝弄得千變萬化，也可以讓人覺得可愛。

女人不斷地學習，不斷地找事情做，就不會顯得老，皺紋並不是一種要遮掩的醜事，人只要老得優雅，人只要老得乾乾淨淨，就好看耐看的。

Pocket history of WOMEN

看世界前線的女人好了，歐洲央行行長Christine Lagarde滿臉皺紋，一頭全白的銀髮，身材雖然枯枯瘦瘦，還不是照樣很耐看！

矮矮胖胖的德國總理Angela Dorothea Merkel做了多年，也沒被人趕下來，人怎麼老也有個親切的樣子，沒有人會恥笑！

在東方，韓國外交部長康京和也沒整過容，一頭灰白短髮配上枯瘦的身材，不卑不亢地和各國政要打交道，也絕對不需光顧整容醫生。

這些站在國際舞台上的女人，有個共同點，都心術很正，一走邪路，樣子即刻顯得猙獰，你看本來端莊美麗的緬甸首長昂山素姬，一依附權勢，對羅興亞民族加以種族清洗，馬上變成妖魔鬼怪，成為千古罪人。

所以相由心生這句話是有道理的，女人的美醜，完全掌握在她們自己的手裏，外表再好看，衣着再有品味，也改變不了她們內心醜惡。

虛榮心是可以原諒的，香港女人要表現她們在人生的成功，就算買一兩個名牌包包，這和男人一賺到錢就要買一隻勞力士錶戴，再下來買一輛賓士車一樣。

只要能增加她們的自信，一切無可厚非，就連整容也是，工作上有需要，像表演行業，要整就去整吧，但絕對不能貪心，今天整這樣明天整那樣。整容會上癮的，你沒有看到那些甚麼明星，越整面孔越硬，嘴巴也越來越裂，再下去就變另一個小丑了。

好在一般香港女人都有自信心，她們一有時間便會去旅行，學習別人怎麼做菜，學習別人怎麼把這一生過得更加快樂。

希望她們不要變成美國女人，男士們優雅地替她們一開車門，就會被喝：「我不會自己打開嗎？」

希望香港女人一天美得比一天更好，希望她們保留着那顆善良的心，一直耐看下去。

貓的觀察者

重讀老舍寫貓的文章，真是描述得絲絲入扣，再看豐子愷畫的，更是入神。古今文人墨客愛貓的真是多不勝數。

我也一直想畫貓，不斷地觀察貓的各種形態和表情，真是怎麼看都看不厭，越看越覺得牠們可愛。為怕遺忘，本來想用手機拍下，或一看到別人在網上刊登，就記錄下來，以作參考。

後來一想，知道從照片得來的，都是二手資料，永遠比不上印在腦海的傳神，就把那成千上萬的照片一一刪掉，當記錄的話，用一本小冊子描繪好得多。

毫無疑問，貓是主人，我們是臣子，大陸愛貓之人稱貓為陛下，學貓發命令，必用「朕」字表達。這些人也自稱是「鏟屎官」，我一向對排泄物的名稱生厭，不喜歡這個名字。

倒是很贊成他們叫貓為「喵星人」，是的，我們永遠不了解貓，認為牠們是另一星球來的。

觀察貓，從小隻的開始，這個階段的貓，甚麼種類都美麗，一大了就不同，有的變成皺了眉頭，看不起所有動植物的討厭傢伙，有的長了兇殘的眼神，變成怪物。

小貓向母親學習的姿態總叫人歡笑，牠們學用爪洗臉，一遍又一遍。牠們學着大人喝水，怎麼喝也喝不到，牠們教小貓翻牆，常不成功，經常跌倒，也令人捧腹。

有些東西是不用學的，長在牠們的遺傳基因裏面，像牠們極愛的乾淨，人類的臭腳是牠們天敵，一聞到立刻瞪圓了眼睛望住你，嘴巴做了一個O形，昏倒過去。

或者一嗅到就要四處抓泥沙來掩蓋，從前有花園的家，牠們解決後一定會做這個動作，當今住在公寓中，實在可憐，鋪磚的地板上一點泥也沒有，一點沙也沒有，但還是繼續抓，繼續埋。

另一種本能是看到排泄物形狀的東西，即刻跳開，不相信你拿一條黃瓜拋給牠們看看。

「你那麼愛貓，為甚麼不自己養一隻？」友人常問。

我必須承認我是一個比貓更愛乾淨的人，小時還不在乎，養了一頭，長大後就受不了貓身上那種味道。

愛貓之人得還喜歡貓味，抱着拼命地聞，內地人稱之為「吸貓」，這是我受不了的行為，所以我不能算是一個愛貓者。

「可以叫家政助理去做這些事呀！」友人又說。

Happy New Year

但你怎麼捨得把自己的嬰兒叫人照顧呢？

另一個我沒有的條件，是我也住在公寓中，本身已是一個籠子，怎忍心關牠多一層？

還是做一個貓的觀察者好。

日本人有一句話，說：「養貓三年，但是牠三天之內就會把你的恩情忘得一乾二淨。」

我就不相信，你沒有看到貓不斷地把咬死的老鼠放在主人面前嗎？

貓愛睡覺，怎麼叫也叫不醒，所以牠們得被人類收養，不然在野外早已給更兇殘的動物吃得絕種。

我在日本鄉下看到一隻極渴睡的貓，把牠翻過來也照樣睡，同事拍成片段傳播出來，得到幾十萬人點擊。

貓的睡，是毫不選擇時間和地點的，牠們一睡起來就像液體，可以流到任何地方，觀察貓，看牠們睡，是一件樂事。

可惜的是一睡就看不到眼睛，貓眼是牠的靈魂，有各種形狀和大小，最美的是桃核般兩頭尖，向上翹的眼睛，圓的也漂亮，最不好看是上面平，下面圓的，像是永遠的悲傷。看貓眼要晚上看，這時瞳孔放大，更是可愛，太陽一出，擠成蛇眼般的線形，就有點恐怖了。

媒體上的片段，有貓替主人按摩的，這也是真的嗎？絕對不是，牠不過是把人的背當成一個厚墊來做伸掌的運動罷了。

貓可以教的嗎？能夠的。俄國馬戲團有貓的表演，但這是極殘酷的鞭打和飢餓訓練出來的成果，絕對不人道，絕對要禁止。要訓練，只能做到教牠們在指定的地方大小解為止。

說到人道，最不人道的是把雄貓給閹了，你沒有看到網上的片段，那一隻隻排着隊，被獸醫取了蛋蛋的表情？都翻了白眼，舌頭長長地伸了出來，那是貓界最絕望的，人類最殘忍的行為。

我也明白若不絕種，貓會氾濫的說法。

但是為甚麼要閹雄貓，而從來沒有人想到去為雌貓結紮的絕育方法呢？而且母貓叫起春來是那麼地淒慘，那麼地擾人？

做做好事吧，別割掉公貓的蛋，只要讓牠的不能生育，公的照做牠們的好事好了，最多會被已經沒有興趣的母貓咬一口。

這麼提倡，又會不會受婦權分子詛咒？

問題問題多籮籮

看新聞，有許多記者發問，雖說只是三條問題，但內容加了又加，變成七八條，不但令回答的人混亂，而且忘記第一條問題是甚麼。

我發覺問問題，最好是越精簡越好，回答方也不必限定一個人只限問一次，回答時更加準確，也不必囉裏囉唆。

這種情形更適合英文講得不好的人，簡單的一條已聽不清楚，還要一大堆，更是難以回覆。當然回答的人，英語不行的也居多，不如分別交回專講中文的和專講英文的人登場，節省時間甚多。

所有的人與人之間的溝通，我最鍾意用問答的方式來進行，問題越短越好，回答的也是。這一來像你發一球，我回一球，拋來拋去，好玩得很。

一般人的發問，最喜歡以「其實……」來開頭，回答也是，這種開場白最沒有用了，最多餘了。其實些甚麼？已是其實的，講來幹麼，為甚麼整天其實來其實去？

所謂學問，就是問了之後學到的，問問題是學習的最佳方式，但是在發問之前，必得想一想，為甚麼目的問，問得多會不會出醜？

比方說：「怎麼又多吃又不胖？」

這簡直是放屁嘛，多吃就胖，否則真是多餘！

一些經濟學家也問得笨，看過他們參觀證券交易所，問的竟然是「買甚麼股票一定賺錢？」

哈哈哈哈，知道了還在這裏打工？早就自己發財去也，發問的人簡直是白癡一名。

同樣的蠢問題還有：「怎麼可以防止禿頭？」哈哈哈哈，知道的話，早就賣藥去也。

「我長得漂亮，怎麼沒有男朋友？」有些網友問。發問的人沒有頭像，我回答：「發一張照片看看。」「我心中漂亮。」對方不敢了，即刻遮醜。

更加愚蠢的還有：怎麼發財？怎麼不學自會？怎麼不勞而獲？唉，天下笨人真多，只有叫他們去吃發財藥，去喝聰明水，去死吧。

一點也不經過大腦就發問，是最低能最弱智的，廣東話中有一句説得最恰當，就是「睬你都傻」。

關於婚姻和戀愛，更有傻得交關的問題，當然，戀愛中人，都是傻的。

最多的問題：我愛他，他不愛我；他愛我，我愛別人怎麼辦？

我的回答只有兩個字：「涼拌。」

出現的第三個，更是糾纏不清，A君愛B君，A君愛C君，ABC君怎麼愛？不必問了，把這些問題放在顯微鏡下，就可以大作文章。

亦舒的小說，都是這樣寫出來，他的哥哥倪匡也說過：「我寫科幻，天馬行空，但也寫不出我妹妹那麼來來去去，只有三個人，也可以那麼多本書，也可以寫得那麼精彩。」

迷惘更是年輕人最愛的問題，但是迷惘是你的專利嗎？凡天下人，年輕時都迷惘過，你是第一個嗎？從迷惘中走出來呀，我們都是這麼活過來的。

父母要我結婚，我不想嫁，怎麼辦？回答的：又是「涼拌。」不想嫁就別嫁呀，天下單身而快樂的例子那麼多，為甚麼不學習學習？不嫁會死人嗎？你的家長有沒有用槍指着你，是甚麼世紀了，還一定要嫁？

不嫁父母難過呀，我一向回答：「父母的話一定要聽，但不一定要照做的呀！」

對於未來，年輕人又老覺不安。「昨天考完試，不知及不及格，怎麼辦？」

不及格也已經考了，已經過去了，擔心些甚麼？就算不及格，再考一次，擔心了也沒用呀！

「有沒有來世的呢？」也有很多人問。

我總是回答：「沒有死過，不知。」

我一向封閉網友直接問我問題，但每年在農曆新年之前開放一次，整個月。

去年最佳的問題是：「你吃狗肉嗎？」最佳回覆是：「甚麼？你叫我吃史努比？」

今年的是：「我整天在女人之中打滾，你猜我做的是甚麼職業？」
最佳回答是：「你是夜總會領班。」

喜歡的字句

為了準備二〇二〇年四月底在星馬舉辦的三場行草書法展，我得多儲蓄一些文字。發現寫是容易，但要寫些甚麼，又不重複之前的，最難了。

「豈能盡如人意，但求無愧於心。」等字句，老得掉牙，又是催命心靈雞湯，是最令人討厭，寫起來破壞雅興，又怎能有神來之筆？

記起辛棄疾有個句子，曰：「不恨古人吾不見，恨古人不見吾狂耳。」很有氣派，由他寫當然是佳句，別人的話，就有點自大狂了。

還是這句普通的好：「管他天下千萬事，閒來怪笑兩三聲。」已記不得是誰說的，但很喜歡，又把「輕笑」改為「怪笑」，寫完自己也偷偷偷地笑。

講感情的還是較多人喜歡，就選了「只緣感君一回顧，使我思君朝與暮。」出自樂府《古相思曲》。原文是「君似明月我似霧，霧隨月隱空留露。君善撫琴我善舞，曲終人離心若堵。只緣感君一回顧，使我思君朝與暮。魂隨君去終不悔，綿綿相思為君苦。相思苦，憑誰訴，遙遙不知君何處。扶門切思君之囑，登高望斷天涯路。」太過冗長，又太悲慘，非我所喜。

寫心態的，目前到我這個階段，最愛臧克家的詩：「自沐朝暉意蓊蘢，休憑白髮便呼翁，狂來欲碎玻璃鏡，還我青春火樣紅。」也冉次寫了。

也喜歡戴望舒的句子：「你問我的歡樂何在？窗頭明月枕邊書。」

「故鄉隨腳是，足到便為家」是黃霑說過，饒宗頤送他的一句話，影響了他的作品《忘盡心中情》，想起老友，也寫了。

在中學時，友人送的一句「似此星辰非昨夜，為誰風露立中宵。」至今還是喜歡，是黃景仁書《綺懷》，原文太長，節錄較佳。

人家對我的印象，總是和吃喝有關，飲食的字特別受歡迎，只有多寫幾幅，受韋應物影響的句子有：「我有一壺酒，足以慰風塵；盡傾江海裏，贈飲天下人。」

吃喝的老祖宗有蘇東坡，他說：「無竹令人俗，無肉令人瘦；不俗又不瘦，竹筍燜豬肉。」真是亂寫，平仄也不去管它，照抄不誤。

板橋更有：「夜半酣酒江月下，美人纖手炙魚頭。」

不知名的說：「仙丹妙藥不如酒。」

有一句我也喜歡：「俺還能吃。」

另有：「紅燒豬蹄真好吃。」

更有：「吃好喝好做個俗人，人生如此拿酒來！」

還有：「清晨焙餅煮茶，傍晚喝酒看花。」

最後：「俗得可愛，吃得痛快。」

說到禪詩，最普通的是：「菩提本無樹，明鏡亦非臺，本來無一物，何處惹塵埃。」被寫得太多，變成俗套。和尚句子，好的甚多，如：「嶺上白雲舒復卷，天邊皓月去還來。低頭卻入茅檐下，不覺呵呵笑幾回。」

牛仙客有：「步步穿籬入境幽，松高柏老幾人遊？花開花落非僧事，自有清風對碧流。」亦喜。

布袋和尚的：「手把青秧插滿田，低頭便見水中天。六根清淨方為道，退步原來是向前。」

禪中境界甚高的有：「佛向性中作，莫向身外求。」都已與佛無關

俗氣到底
俺還能吃
使勁玩
頂瓜瓜
時常糊塗...

了。

近來最愛的句子是：「若世上無佛，善事父母，便是佛。」我的文字多作短的，開心説話也只喜一兩字，寫的也同樣。

在吉隆坡時聽到前輩們的意見，説開展覽會叫售價要接地氣，可以小的，大家喜歡了都買得起，結果寫了：「懶得管」、「別緊張」、「來抱抱」、「不在乎」、「使勁玩」。四字的有「俗氣到底」、「從不減肥」、「白日夢夢」等等。

自己喜歡的還有：「仰天大笑出門去」、「開懷大笑三萬聲」等等。

有時只改一二字，迂腐的字句活了起來，像板橋的「難得糊塗」，改成「時常糊塗」，飄逸得多。「不吃人間煙火」，改成「大吃人間煙火」也好。

佳句難尋，我在慣例每年開放微博一個月中，徵求網友提供，好的我送字給他們，結果沒有得到，剛好我的網購「蔡瀾的花花世界」有批產品推出，順便介紹了一下，便給一位網友大罵，說我已為五斗米折腰，其他網友為我打抱不平，我請大家息怒，自己哈哈大笑，改了一個字「喜為五斗米折腰」，成為今年最喜歡的句子。

蔡瀾 作品

蔡瀾的緣
草草不工
蔡瀾談日本
蔡瀾再談日本
蔡瀾三談日本
蔡瀾四談日本
蔡瀾五談日本
蔡瀾六談日本
蔡瀾七談日本
蔡瀾八談日本
苦中作樂
蔡瀾續緣
海外情之一：西班牙

海外情之二：印度、泰國
海外情之三：南斯拉夫
海外情之四：澳洲
不過爾爾
忙裏偷閒
玩物養志
附庸風雅
海隅散記
無序之書
放浪形骸
蔡瀾談電影
吐金魚的人
一點相思

蔡瀾隨筆
給亦舒的信
追踪十三妹（上）
追踪十三妹（下）
不修邊幅
給年輕人的信
給年輕人的信（二集）
給年輕人的信（三集）
給成年人的信
客窗閒話
十字街頭
霧裏看花
街頭巷尾

半日閒園
山窗小品
花開花落
癡人說夢
狂又何妨
百思不解
吶喊，彷徨
醉鄉漫步
撫今追昔
老瀾遊記
老瀾遊記（二）
老瀾遊記（三）
老瀾遊記（四）

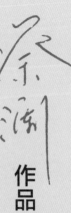

老瀾遊記（五）
老瀾遊記（六）
老瀾遊記（七）
老瀾遊記（八）
老瀾遊記（九）
老瀾遊記（十）
繡花枕頭
一樂也
二樂也
三樂也
四樂也
五樂也
六樂也
七樂也
八樂也
九樂也
十樂也
秋雨梧桐
虛無恬澹
抱樸含真
夢裏奔波
前塵往事
笑話和趣事
病中記趣
四位老友
雨後斜陽
松下對弈
淺斟低唱
撫琴按簫
掃雪烹茶
小雨移花
倪匡閑話
御風而行
紅塵深處
煙蘿飄飛
蔡瀾的鬼故事（上）
蔡瀾的鬼故事（下）
老友寫老友（上）
老友寫老友（下）
一趣也
二趣也
三趣也
四趣也
五趣也
六趣也
七趣也
八趣也
九趣也
十趣也
蔡瀾食典
蔡瀾食典（後篇）
蔡瀾的生活方式（I）
蔡瀾的生活方式（II）
蔡瀾食單1（一至四冊）
蔡瀾食單2（五至八冊）
麻辣愛情
好色男女
蔡瀾談日本珍藏版（盒裝八冊）
蔡瀾世界名饌錄
蔡瀾歎名菜
吾愛夢工場（一）
——蔡瀾的電影現場
吾愛夢工場（二）
——蔡瀾的電影筆記
蔡瀾笑話

蔡瀾潮晒日本
蔡瀾潮晒台灣
蔡瀾潮晒韓國
人生必去的餐廳
人生必住的酒店
蔡瀾精選原創140字微小説140篇
一妙也
二妙也
三妙也
四妙也
五妙也
六妙也
七妙也
八妙也
九妙也
十妙也
蔡瀾@微博妙答

蔡瀾@微博妙答（2）
蔡瀾@微博妙答（3）
吃喝玩樂——吃
暢敍幽情
獨坐幽篁
花徑不掃
醉弄扁舟
蔡瀾的生財之道
跟住蔡瀾玩+食+買
蔡瀾私塾
蔡瀾美食Guide——尖沙嘴、中上環、灣仔、銅鑼灣及天后篇
蔡瀾家族
蔡瀾家族（貳）
只恐夜深花睡去
雙鬢斑斑不悔今生狂妄
還我青春火樣紅

仰天大笑出門去
每逢暮雨倍思卿
蔡瀾選集（1）：《生活智慧》
蔡瀾選集（2）：《男歡女愛》
蔡瀾選集（3）：《師友奇人》
蔡瀾選集（4）：《天下美食》
蔡瀾選集（5）：《食材攻略》
蔡瀾選集（6）：《影視世界》
蔡瀾選集（7）：《老又如何》
蔡瀾選集（8）：《夫子自道》
蔡瀾選集（9）：《鬼話連篇》
蔡瀾選集（10）：《真係笑話》
蔡瀾選集（11）：《中華覓食》
蔡瀾選集（12）：《品味日韓》
蔡瀾選集（13）：《環球之旅》
蔡瀾選集（14）：《南洋遊踪》